Love Scores – Ein Tor für die Liebe

von Angela Waidmann

Langenscheidt

Berlin · München · Wien · Zürich
London · Madrid · New York · Warschau

Lektorat: Maren Giering-Desler
Englischsprachiges Lektorat: Charlotte Collins
Umschlaggestaltung und Foto: init.büro für gestaltung, Bielefeld

Für Jenny Gechter-Jones

www.girls-in-love.de
www.langenscheidt.de

Umwelthinweis: gedruckt auf chlorfrei gebleichtem Papier

Satz: Franzis print & media GmbH, München
Druck: Mercedes-Druck, Berlin
Printed in Germany

ISBN 978-3-468-20502-6

11010

Starting Whistle!

"Anna-Lena, look! I can see the sea!" Maja ist total aufgeregt.
Kein Wunder eigentlich. Soviel ich weiß, ist das größte Gewässer in ihrem Heimatland Ungarn der Plattensee. Aber auch ich drücke vor lauter Neugierde die Nase ans Fenster unseres Taxis. Schließlich komme ich aus dem absolut nördlichen Ende von Bayern, und da liegt das Meer ja auch nicht gerade um die Ecke.
"You're right", murmele ich, mehr zu mir selbst als zu Maja. Hinter einem der grünen Hügel kann ich tatsächlich einen Streifen glitzernden blauen Wassers erkennen.

starting whistle
Anpfiff

"Oh, how annoying!", schimpft Maja wenige Sekunden später, denn schon hat sich wieder ein Hügel davorgeschoben.
"Don't worry! We're staying here in Cornwall for more than a week", tröste ich sie. "We'll probably see the sea every day now."
Wir beide kennen uns erst seit ungefähr einer halben Stunde. Ich hab Maja auf dem urigen Provinzbahnhof kennengelernt, in dem ich aus meinem Bummelzug gestiegen bin. Wahrscheinlich wäre sie mir in dem Grüppchen der auf den Ausgang zustrebenden Fahrgäste gar nicht aufgefallen, wenn ihr nicht plötzlich ein Handball aus der Sporttasche gekullert wäre.
Da hab ich sie sofort angesprochen. In Großbritannien spielt nämlich so gut wie niemand Handball. Maja

musste darum auf dem Weg zu dem internationalen Handballcamp sein, genau wie ich.
"Of course!", seufzt Maja glücklich. "We'll have the sea, and we'll play handball, handball, nothing **but** handball! All this for nine days, with twenty-eight girls from fourteen nations. Isn't it fantastic?"
"Yes, it is", antworte ich. "I'm the goalkeeper in the Großwallstadt Girls' Under 15 junior team. I was the only player chosen by the German Handball Association to take part in the international handball camp in Cornwall. When my trainer told me, I was so **proud**!"
Das ist allerdings nicht nur auf meine Qualitäten als Handballerin zurückzuführen. Unter den letzten drei in Frage kommenden Spielerinnen hat man ausgerechnet mich ausgewählt, weil mein Vater aus den USA kommt und ich zweisprachig aufgewachsen bin. Auch Maja spricht sehr gut Englisch, wenn auch mit ungarischem Akzent.

but außer
proud stolz

"Well", sagt sie jetzt und grinst. "Here we are at last."
Ich glaube, ich habe schon eine neue Freundin gefunden.
Maja macht einen total netten Eindruck. Sie erzählt, dass sie Kreisläuferin in der C-Jugend des bekannten ungarischen Vereins Hónved Budapest ist. Außerdem ist sie ausgesprochen hübsch und sympathisch mit ihren langen schwarzen Haaren, ihren dunklen Augen und ihrem überschäumenden Temperament.
"Look over there!", ruft sie laut aus.
Natürlich meint sie das Meer, das jetzt wieder blau und silbern glitzernd zwischen den Hügeln auftaucht.

Mit ihrem plötzlichen Aufschrei hat sie dem Taxifahrer allerdings einen ziemlichen Schrecken eingejagt.
"**Calm down**, girls!", meint er kopfschüttelnd.
Maja wirft ihm einen schuldbewussten Blick zu.
"He's right", flüstere ich ihr zu. "I don't know how he manages to drive on the **left-hand** side of the road, anyway. We shouldn't **distract** him any more, we really shouldn't."
"Just stay **calm**", sagt der Taxifahrer. "The sports hotel isn't far from the sea. If you're lucky, maybe you'll have a view of the beach from your room."
"Wonderful", seufzt Maja und schließt verträumt die Augen.
Ich drücke mir weiter die Nase am Autofenster platt.
"What beautiful countryside", murmele ich nach einer Weile. "Green hills, white and brown sheep, little villages ... Look, there's even a **ruined** castle over there!"
"This area has an interesting history", meint Maja, plötzlich wieder hellwach.
"They say that the **mythical** king Arthur lived here", füge ich hinzu. "I watched the Hollywood film *King Arthur* a few months ago. I found him and his knights so interesting that I read every book I could find about them."
Natürlich sage ich ihr nicht, dass ich von King Arthur derart hingerissen bin, dass ich von diesem tapferen Ritter mit seinen dunklen Haaren und seinen umwerfend blauen Augen immer noch träume – im Schlaf und sogar, wenn ich wach bin.

to calm down sich beruhigen
left-hand linke
to distract ablenken
calm ruhig
ruined verfallen
mythical mythisch

Hach, wie toll er ausgesehen hat, als er auf seinem herrlichen weißen Pferd in einer glänzenden Rüstung über Englands Hügel geritten ist …
“You’re right, young lady.” Gnadenlos reißt mich der Taxifahrer aus meinen Gedanken. “And Dartmoor’s not far away, either.”
“Dartmoor? Ooh, that’s scary!”, murmelt Maja.
“Why? I don’t think so”, widerspreche ich.
Eine von feinem Nebel bedeckte, von Flüssen und Bächen durchzogene Hügellandschaft tritt vor mein inneres Auge. Schemenhaft sehe ich uralte Hünengräber und Burgruinen vor mir, die gerade noch im grauen Dunst zu erkennen sind.
“There’s a **prison** on Dartmoor, isn’t there?”, fragt Maja den Taxifahrer.
Er lächelt. “Of course. It’s been there for about two hundred years. **Nowadays**, they only send dangerous **criminals** there. But if one of them dies, they **bury** him in the **graveyard** of the local church, just like everybody else. **After all**, we’re all **equal** when we’re dead, aren’t we?”
“Er … how far is it to Dartmoor from here?”, fragt Maja.
“You sound as if you’re afraid that a man in prison uniform is going to jump out in front of our taxi and **take** us **hostage**”, bemerke ich grinsend.
Der Taxifahrer lacht leise. “Don’t worry. Nobody has escaped from Dartmoor Prison **for** years, and the last **riot** only lasted fifteen minutes.”

prison Gefängnis
nowadays heutzutage
criminal Verbrecher(in)
to bury begraben
graveyard Friedhof
after all schließlich
equal gleich
to take sb hostage jdn als Geisel nehmen
for seit
riot Aufstand

"**Thank goodness** for that!", flüstert Maja.
Das Taxi hat die Kuppe eines Hügels erklommen, und der Fahrer zeigt ins Tal. "There's the sports hotel."
Das Erste, was ich sehe, ist allerdings das Meer, eine riesige blaue Fläche, nur unterbrochen von den weißen Schaumkronen hoher Wellen. Und davor einen wunderbar langen, weißen Sandstrand.

Thank goodness. Gott sei Dank.
obviously offensichtlich

Dann bleibt mein Blick an einem modernen Gebäudekomplex hängen, der, wie ich aus dem Internet weiß, aus einem Wohngebäude und zwei Turnhallen besteht. Er ist von mehreren Sportplätzen umrahmt. Darum herum erstrecken sich grüne Weiden, nur unterbrochen von ein paar vereinzelten Baumgruppen. In einigen Kilometern Entfernung kann ich den Kirchturm und die Hausdächer eines Dorfes erkennen.
"Look, there's a path from our hotel to the beach", sage ich zu Maja.
"Great!", meint sie begeistert.
Mehrere Autos haben vor den Gebäuden geparkt. Als wir näherkommen, hält dort gerade ein weiteres Taxi, aus dem zwei Mädchen aussteigen.
"We're not the first to arrive", bemerke ich.
"**Obviously** not", sagt meine neue Freundin fröhlich.
Wir bezahlen den Taxifahrer und nehmen unsere Koffer heraus.
In der Eingangstür wartet bereits eine etwa vierzig Jahre alte, sportlich wirkende Frau.
"Welcome to our camp!" Die Dame hat eindeutig einen französischen Akzent. "I'm Danielle Delacroix, one of

your trainers and the camp leader. Please call me Danielle." Sie schüttelt uns die Hände, und wir stellen uns vor.

"Maja Sera from **Hungary** and Anna-Lena Ackermann from Germany", wiederholt sie, und hakt unsere Namen auf einer Liste ab.

"We met at the station and **shared** a taxi", erklärt Maja.

Danielle lächelt. "That was lucky! You'll also be sharing the same room, **along with** Birte from **Denmark** and Maria Leticia from **Spain**. Just go up the stairs, and it's the third room on the left. Your **roommates** are already there. And don't forget that we're going to have a welcome party tonight."

"Okay, thanks. See you then!" Maja nimmt sich ihren Koffer und ihre Sporttasche und marschiert in Richtung Treppe.

Wir schleppen unsere Sachen die Stufen hinauf und den Flur entlang und stoppen vor der dritten Tür links.

"I'm feeling a bit nervous", flüstert mir Maja zu.

"**So am I**", antworte ich leise. "I'm **glad** I met you first."

Beherzt klopfe ich an.

Jemand sagt laut: "Come in!", also drücke ich die Klinke hinunter und stecke meinen Kopf durch die Tür. Ich schaue in ein recht großes Zimmer, in dem rechts und links je ein Etagenbett steht. An der hinteren Wand befinden sich vier schmale Kleiderschränke, vor denen zwei Mädchen stehen und ihre Koffer auspacken.

Hungary Ungarn
to share sich teilen
along with zusammen mit
Denmark Dänemark
Spain Spanien
roommate Zimmergenossin
So am I. Ich auch.
glad froh

Nun drehen sie sich zu uns um.
"**Just** come in", wiederholt das eine Mädchen. Es ist schlank, wirkt ein wenig burschikos und hat kurze, dunkelblonde Haare und grüne Augen.
Auf der anderen Seite steht ein etwas kleineres Mädchen mit dunklen Augen und hüftlangen, dunkelbraunen Haaren.
Ich schiebe mich durch die Tür, dicht gefolgt von Maja.
"Hi", meint die Dunkelhaarige. "I'm Maria Leticia, and that's Birte. She's from Denmark, and I'm from Spain."
Wir stellen uns vor, dann reden wir ein bisschen über Handball und über unsere Vereine, und wie wir hergekommen sind.
Dabei werfe ich immer wieder neugierige Blicke aus dem Fenster.
Gleich vor dem Haus liegen ein grauer Hof und die Sportplätze. Und dahinter ...
Toll, wir können von hier aus wirklich und wahrhaftig das Meer sehen, freue ich mich. Und gleich hinter den Sportplätzen grasen zwei Pferde! Na, das ist ja fast wie zu Hause.
Bei uns in Großwallstadt, gleich neben unserem Garten, gibt es nämlich auch eine Weide mit vier Pferden. Die hübschen Tiere gehören unseren Nachbarn, und wenn ich neben Schule und Handball noch Zeit habe, darf ich sogar auf ihnen reiten. Ich mag Pferde total gerne; das Reiten ist sozusagen mein Ausgleichssport.

just einfach

Birtes Stimme reißt mich aus meinen Gedanken. "I wonder why they decided to have this camp in Britain? Handball isn't a national sport here at all."

"I've heard that they even had to paint new lines on the **pitches** for us. But that might just be a **rumour**." Maria Leticia grinst.
Maja lacht leise. "No, I think it**'s true**. My **coach** told me that the British Handball **Association** offered this hotel to the camp **organizers** at a special price."
Gemeinsam machen wir uns daran, unsere Koffer auszupacken.
Als ich gerade einen Schwung T-Shirts in meinen Schrank lege, stößt mich Maja mit dem Ellenbogen an. "Anna-Lena, look! Birte's brought her makeup!"
"Oh, I'm such an idiot!", stöhnt Maria Leticia, die es mitgehört hat. "I **completely** forgot to bring any makeup."
"You can **borrow** mine", sagt Birte gönnerhaft.
"Er ... thank you very much", meint Maria Leticia. "**Honestly**, it didn't even **occur to** me to bring makeup with me. I mean, we're here to play handball, aren't we?"
"I didn't pack my makeup either", gesteht Maja. "There are only girls and women here. We're going to spend nine days here without any boys **at all**!"
"I wouldn't say that", werfe ich ein.
Auf dem Hof hat nämlich gerade ein Großraum-Taxi angehalten. Zwei Mädchen steigen aus, begleitet von einem Mann um die fünfzig mit grauen Haaren und einer kahlen Stelle am Hinterkopf.

pitch Spielfeld
rumour Gerücht
to be true stimmen
coach Trainer(in)
association Bund
organizer Veranstalter(in)
completely vollkommen
to borrow sich ausleihen
honestly ehrlich
to occur to sb jdm in den Sinn kommen
(without any) at all ganz (ohne)

Und am Kofferraum steht ein großer, total muskulöser Jugendlicher. Überhaupt sieht er voll gut aus mit seinen kurzen blonden Haaren und dem markanten Kinn.

Maja ist meinem Blick gefolgt.

“Oh!”, haucht sie hingerissen. “How old is he?”

“Sixteen, maybe seventeen”, vermutet Birte.

Inzwischen stehen wir alle vier am Fenster und schauen hinaus.

neither auch nicht
cute süß

Die beiden Mädchen am Auto sehen uns und winken uns zu.

“Two weeks without any boys? I don’t think so!”, sagt Maria Leticia und grinst.

“Me **neither**”, murmelt Maja.

Während der Junge unter uns die Koffer herausholt, wandert mein Blick wieder zu den Pferden hinüber ... und bleibt an einem Pony hängen. Es ist eher klein, ein richtiges Kinderpferdchen. Bildhübsch ist es, mit seinen großen dunklen Augen, seinem fuchsfarbenen Fell und seiner blonden Wuschelmähne.

“Maja, look at that pony over there!”, sage ich und stupse sie mit dem Ellenbogen an. “Isn’t it **cute**?”

“Oh yes, totally cuuute”, seufzt sie.

Der eigenartige Ton in ihrer Stimme lässt mich aufhorchen. Fragend sehe ich sie an.

Aber Maja scheint mich gar nicht richtig wahrzunehmen. Sie schaut auch nicht zu dem netten kleinen Pony hinüber. Ihr entrückter Blick hängt, nein, er klebt eindeutig an dem blonden Jungen, der gerade seine Taschen zur Eingangstür trägt und sich dabei mit dem grauhaarigen Mann unterhält.

Oha, kaum sind wir hier angekommen, ist sie schon verknallt!, denke ich. Na, das kann ja heiter werden. Dabei hat Maria Leticia völlig recht: Wir sind hierhergekommen, um Handball zu spielen, und nicht, um nach Jungs Ausschau zu halten ...

"Good evening!"

Unsere Camp-Leiterin Danielle hat sich auf einen Stuhl gestellt, damit wir sie besser hören können. Neben ihr steht eine noch recht junge Frau. Und hinter den beiden versuchen der grauhaarige Mann, ein Dunkelhaariger um die dreißig, der blonde Jugendliche und ein älterer Typ mit Schnurrbart, im Schweiße ihres Angesichts auf mehreren Grills die Kohlen zum Glühen zu bringen.

I can't wait. Ich kann es kaum erwarten.
European europäisch
talented talentiert
aged im Alter von
left wing Linksaußen
line player Kreisläuferin
Poland Polen
to assist assistieren
may I darf ich
Icelandic isländisch
by the way übrigens

"Dinner will be ready soon", meint Maja, die neben mir steht. "**I can't wait.** I'm really hungry after that long journey."

"Welcome to our **European** handball camp", fährt Danielle fort. "Twenty-eight **talented** girls, **aged** between thirteen and fifteen, from fourteen nations, all of you here to play handball. I'm Danielle from France, I'm a **left wing**, a former national player, and I'm your camp leader. This is Elzbieta; she's a **line player** and a member of **Poland's** international team. She**'ll be assisting** me, along with the four gentleman at the barbecue ..."

Sie weist auf die Männer, die gerade jede Menge Würstchen und Steaks auf den Rosten verteilen. "**May I** introduce José, the national coach of the Spanish Under 19 junior team ..."

Grüßend winkt der Dunkelhaarige mit seiner Grillzange.

"And the **Icelandic** coach Sigurd, who, **by the way**, is

also a **qualified** doctor. If you have any **health problems**, you can go to him. And there's also Harald, his son, who's the goalkeeper for the Icelandic International Under 17s."
Der blonde Junge grinst verlegen in die Runde.
Maja, die neben mir steht, verschlingt ihn beinahe mit den Augen.
Oh Mann, die ist ja wirklich voll verknallt, denke ich stirnrunzelnd. Tatsächlich bemerke ich um mich herum jede Menge Mädchen, die ihn sehr interessiert anschauen.
Kein Wunder eigentlich, schließlich ist er das einzige männliche Wesen in zumutbarem Alter weit und breit. Also, ich möchte jetzt auf keinen Fall in seiner Haut stecken.
"Harald **is** kindly **standing in for** Györgi Meszprem, the Hungarian International goalkeeper, who**'s torn** a **ligament** and had to go to hospital. Harald will be training our four young goalkeepers."
"Anna-Lena, you're so lucky", seufzt Maja.
"Elzbieta seems nice, too", tröste ich sie, weil mir auf die Schnelle nichts Besseres einfällt. "You're a line player, so you'll be in her group."
Maja wirft mir einen missmutigen Blick zu.
Okay, meine Bemerkung war wohl etwas ungeschickt.
Soll ich ihr denn sagen: "Hey, guess what, the only nice guy in the camp is *my* coach!"
Dabei interessiert mich dieser Harald nicht die Bohne!

qualified qualifiziert
health problem Gesundheitsproblem
to stand in for sb für jdn einspringen
to tear (tore, torn) reißen
ligament Band

Ich steh' eindeutig auf dunkelhaarige Typen. Eben auf solche wie King Arthur ...

Obwohl, na gut, wenn Harald wirklich so ein prima Torwart ist, dann interessiert er mich eigentlich schon. Aber nur rein sportlich gesehen, klar! Schließlich, das kann ich nur wiederholen, bin ich hierher gekommen, um Handball zu spielen, und nicht, um mich in irgend so einen Typen zu verknallen!

Nachdenklich mustere ich den blonden Jungen.

caretaker Hausmeister
nearby in der Nähe
the day after tomorrow übermorgen

Er hat wirklich die ideale Handball-Torwart-Figur: groß, schlank und muskulös, mit recht langen Armen und hellwachen Augen, denen man seine Reaktionsschnelligkeit regelrecht ansieht.

"May I also introduce Mr Jonathan Walker, the **caretaker** of this hotel?", fährt Danielle fort und weist auf den älteren, sympathisch wirkenden Herrn mit Schnurrbart, der gerade, eine Kiste Wasser schleppend, an ihr vorbeigeht.

Er bleibt kurz stehen und lächelt freundlich in die Runde.

Danach erklärt uns Danielle noch ein bisschen zum Ablauf des Camps. "Training will start at nine a.m. every day. After lunch, we'll continue from two until five o'clock. For the rest of the afternoon, you're free to do what you like – you can go to the beach, for example, or visit the village **nearby**. On Sunday, **the day after tomorrow**, we're going on a trip, but ..." Sie zwinkert uns zu. "I'm not going to tell you yet where to, because I want it to be a surprise. And the day before you leave, we'll organize a little handball competition. The coaches will decide the teams. And now, please relax and enjoy the barbecue!"

Während das Fleisch auf dem Grill brutzelt, streifen Maja und ich durch die Menge und beäugen die anderen Handballerinnen. Dann sitzen wir mit der Dänin Elsa und der Schwedin Mette am Tisch, essen Würstchen, Weißkohlsalat und Grillkartoffeln und reden über unser Lieblingsthema: Handball, Handball ...

"Ahhh", seufze ich irgendwann, lehne mich auf meinem Stuhl zurück und schaue in den von Sternen übersäten Nachthimmel. "It's great to be here, isn't it?"

An Exchange of Shots

"Tell me: what's he like?"
Aber natürlich, Maja meint Harald. Wen auch sonst?
Es ist Samstagvormittag und wir haben gerade unsere erste Trainingsrunde hinter uns gebracht. Weil wir bis zum Mittagessen noch Zeit haben, gehen wir beide ein wenig spazieren, und Maja nutzt sofort die Gelegenheit, um sich nach ihm zu erkundigen. Ich schaue zum Meer hinüber, damit sie mein verstohlenes Grinsen nicht sieht. "You're talking about Harald, I suppose?"

> **exchange of shots** Schusswechsel
> **tough** hart
> **to wobble** eiern

Sie nickt heftig und sieht mich mit großen Augen an. Ich kann mir gut vorstellen, was sie gerade denkt, nämlich: "Oh, Anna-Lena, please, please tell me everything about him!"
Au weia, Maja, dich hat's ja wohl voll erwischt! Ja, und was soll ich dir jetzt sagen?
"He has the reflexes of a wild animal", beginne ich. "I wouldn't want to have to try and score a goal against him. And as a trainer, he's really **tough**. Today, he made us catch lemons instead of balls. Lemons! Imagine!"
"Why did he do that?", fragt Maja.
"He said it was because lemons **wobble** when you throw them. They're smaller than handballs and they're slippery, too", antworte ich. "They were really, really

difficult to catch. And we had to do five **press-ups** every time we dropped one."

Meine neue Freundin lacht. "That sounds really hard. Elzbieta's not bad. She knows a lot of tricks, and she wants to show them to us."

"Hi, Anna-Lena!" Die männliche Stimme jagt mir einen Schrecken ein.

press-up Liegestütz
court Platz

Maja und ich drehen uns gleichzeitig um.

Tatsächlich, hinter uns geht er, ein Netz voller Handbälle über der Schulter. Er lächelt mich an, sehr freundlich.

"And you're … you're Maja from Hungary, aren't you?", meint er noch.

Prompt wird Maja dunkelrot im Gesicht.

Aber das kann er schon nicht mehr sehen, denn er ist bereits mit schnellen Schritten an uns vorbei.

Stumm sieht ihm meine Freundin nach.

Okay, das war jetzt wirklich ganz schlecht: Mich nennt er prompt beim Namen, aber bei Maja muss er erst mal nachdenken. Und dann hat er mich auch noch so überaus freundlich angelächelt …

Dabei ist es ganz leicht zu erklären: Ich gehöre zu seiner Gruppe, und Maja kennt er kaum.

"What do you think he's like off the **court**?", fragt Maja mit leiser Stimme, wobei sie ihm immer noch hinterherschaut.

Oh je, hoffentlich denkt sie jetzt nicht, dass Harald sich in mich verguckt hat! Verliebte sollen ja sehr empfindlich sein.

"Er … he's okay, I guess." Ach Maja, was soll ich dir denn sagen? Ich kenne ihn doch selbst kaum.

wizened runzelig
tracksuit Trainingsanzug
during während
well gesund
to sag durchhängen
bowed krumm
to put out to pasture weiden lassen

Ich bin froh, dass wir die Sportplätze mittlerweile hinter uns gelassen haben und an den Pferdeweiden angekommen sind. So hab ich wenigstens eine reelle Chance, das Thema zu wechseln.
"What a romantic place", meine ich. "Look at that tree over there. It looks like a **wizened** old man."
Zum Glück springt Maja auf meinen Ablenkungsversuch an. "Yes – it must be at least a hundred years old."
"And look at the pony, isn't it cute?", fahre ich fort.
Dabei zeige ich auf das nette kleine Pony, das mir schon gestern von unserem Zimmerfenster aus aufgefallen ist. Es steht nur wenige Meter entfernt und beobachtet uns interessiert.
"Wait a minute!", sagt meine neue Freundin. "There's an apple in my **tracksuit** pocket. I took it with me after breakfast, and forgot about it **during** training. Here."
Sie hält ihn dem Pony hin, das sofort mit gespitzten Ohren zu uns herüberkommt.
Das andere Pferd, ein großer, schlanker Rappe, hält sich ein gutes Stück weit von uns entfernt. Doch er hat ebenfalls seinen Kopf gehoben und schaut uns prüfend an.
"That black horse doesn't look very **well**", meint Maja mit gerunzelter Stirn. "It's so thin… Look, its back **is sagging**, and its legs are a little **bowed**."
"Don't worry", sage ich. "I suppose it's just very old. It's probably been **put out to pasture** in its old age,

with its little friend. Anyway, it looks as if someone **has groomed** it, and it's not too thin, although old horses often are. The **owner** seems to **be taking** good **care of** it."

Das Pony ist jetzt bei uns angekommen, nimmt Maja vorsichtig den Apfel aus der Hand und zerkaut ihn krachend.

"Look – see what beautiful bright eyes the pony has?", sage ich, hebe meine Hand und streichele dem Pony mit meinen Fingern zärtlich durch den wuscheligen, hellen Mähnenschopf.

"And its **muzzle** is so soft", fügt Maja hinzu.

Das Pony sieht sie aufmerksam an. Fast kommt es mir so vor, als würde es gerade denken: "Well, what did you expect? **Have**n't you ever **stroked** a horse before?"

Ich muss grinsen.

Also, in einen Jungen werde ich mich hier bestimmt nicht verknallen, aber dieses Pony hat mein Herz schon erobert.

to groom striegeln
owner Besitzer(in)
to take care of sth sich um etw kümmern
muzzle Maul
to stroke streicheln
health freak Gesundheitsfanatikerin
talking of ... da wir gerade von ... sprechen
stomach Magen
to rumble knurren

"Starting tomorrow, I'll steal an apple for you from the breakfast buffet every day, okay?", sage ich zu ihm. "That's a promise."

"You do that!" Maja lacht. "And it'll be good for your image, too – our trainers will think you're a **health freak**."

Sie wirft einen Blick auf ihre Uhr. "**Talking of** meals: it's time to go now. My **stomach's rumbling**."

Ich klopfe dem Pony noch einmal den Hals, dann gehe ich hinter Maja her zurück in Richtung Sporthotel.

Aber etwas irritiert mich, und ich bleibe noch einmal stehen.

War das jetzt Wirklichkeit, oder bilde ich es mir nur ein?

Für einen Moment habe ich aus den Augenwinkeln einen Reiter auf einem weißen Pferd über die Kuppe des Hügels galoppieren sehen ...

Die große Sporthalle ist voller Menschen. Ich stehe im Tor, und vor mir formiert sich meine Mannschaft zur Abwehr.
Der Schiedsrichter pfeift.
Entschlossen kommen die Gegnerinnen, den Handball zwischen sich hin- und herwerfend, auf uns zu. Meine Mitspielerinnen heben die Arme, die Angreiferinnen werden schneller, suchen eine Lücke in der Verteidigung …
"Left wing free!", rufe ich.
Unsere Abwehr will die Lücke schließen, doch die Linksaußen-Spielerin der Gegenmannschaft hat schon den Ball. Sie wirft –
Plötzlich regnet es von allen Seiten Bälle, blaue und weiße durcheinander, sie prasseln regelrecht auf mich ein! Wie soll ich die denn bloß halten?
Erschrocken fahre ich hoch.
Puh, es war nur ein Traum! Ich liege am Strand, warm scheint die Sonne auf mich herab, und an meiner rechten Seite, auf einem Handtuch …
Aaaah! Fast hätte ich vor Schreck laut aufgeschrien. Denn an meiner rechten Seite, direkt neben mir, liegt Harald. Harald, mein Torwart-Trainer, in voller Länge.
Okay, Anna-Lena, gaaanz ruhig, erst mal nachdenken! Also: Es ist später Samstagnachmittag, und wir sind mit einer Horde von Mädchen zum Strand gegangen. Total müde habe mich gleich auf mein Handtuch sinken lassen, während Maja mit den anderen zum Baden gegangen ist. Tja, und dann muss ich wohl eingedöst sein.
Und jetzt liegt Harald neben mir, viel zu nahe. Wenn

Maja gleich aus dem Wasser kommt, wird sie bestimmt denken, dass er und ich ...
Oh nein, was für ein Albtraum! Ja genau, ich träume, ich schlafe noch, ich muss einfach noch schlafen. Das kann doch gar nicht wahr sein!
Autsch! Ich habe mich gekniffen, was richtig weh tat. Also träume ich doch nicht. Kann mich Harald nicht wenigstens in meiner knappen Freizeit in Ruhe lassen? Egal. Das hier ist die unerbittliche Realität. Und ich muss damit klar kommen.
"What are you doing here?", bringe ich mit Mühe hervor.
Mein Trainer sieht mich entgeistert an. "I'm just lying in the sun. I asked you five minutes ago if it was okay for me to put my towel here, and you said yes."
"Er ... okay." Na, da muss ich wohl im Halbschlaf gewesen sein. Jedenfalls kann ich mich an überhaupt nichts erinnern.
Kein Wunder, dass man nach so einem knallharten Tag wie ins Koma fällt! Zum Schluss des Trainings hat uns Harald wechselweise mit weißen und blauen Bällen beworfen. Die weißen sollten wir fangen, die blauen dagegen fallen lassen. Wer dabei einen Fehler machte, musste einmal um den Sportplatz joggen. Klar, dass man danach am Strand einschläft und nicht mehr mitkriegt, was man sagt.
"Well, you're, er ... welcome", erkläre ich ergeben. Am liebsten würde ich ihm sagen, dass er sich gefälligst verziehen soll!
Verstohlen linse ich in Richtung Meer.
Oh nein! Maja ist gerade aus dem Wasser gestiegen

und kommt zu uns herüber. Wie sie mit langsamen Schritten über den Sand geht, sieht sie richtig klasse aus. Okay, sie ist nicht gerade gertenschlank, doch das ist typisch für eine Kreisläuferin. Jeder Zentimeter ihres Körpers besteht aus durchtrainierten Muskeln. Und die Sonne lässt ihre langen schwarzen Haare glänzen. Nun hat sie uns gesehen, und ihre Augen werden ganz groß.

"Hi", sagt sie schüchtern zu Harald, als sie uns erreicht hat.

"Hello", meint der, charmant lächelnd.

Sie nimmt sich ihr Handtuch, das leider an meiner linken Seite liegt, und trocknet sich damit ab. Dabei wirft sie mir einen Blick zu, der so voller Enttäuschung ist, dass es mir beinahe das Herz zerreißt.

"I had a shower when we got back from the beach, and when I came out of the bathroom Maja was still sitting on her bed, **staring** out of the window and looking **miserable**."
Es ist halb neun Uhr abends, wir haben gerade gegessen, und ich stehe wieder bei dem kleinen Pony an der Pferdeweide.
Diesmal bin ich alleine hier, und das ist mir auch ganz recht so. Ich muss einfach jemandem mein Herz ausschütten, und bei dem Pony kann ich mir wenigstens sicher sein, dass es kein Sterbenswörtchen weitererzählt!
"Maja told me that she'd fallen **head over heels** in love with my trainer, Harald", sage ich, während ich dem Pony die Mähne kraule. "Of course I knew that already, it was **obvious**. I think half the girls in our camp are probably in love with him. But I do**n't** think **anyone has got it** as **bad** as poor Maja."
Traurig schüttele ich den Kopf. "Why did that idiot **lie down beside** *me*, out of all of us? Maja is **convinced** now that he's in love with me." Ich atme tief durch. "Actually, he **was chatting** to both of us. **In fact**, I thought he was **particularly** friendly to Maja, but she doesn't agree."
Ich sehe zu dem Sporthotel hinüber, vor dem ein paar Mädchen sitzen. "I **bet** my poor friend's still sitting in our

to stare starren
miserable elend
head over heels Hals über Kopf
obvious offensichtlich
not anyone niemand
She's got it bad. Es hat sie schwer erwischt.
to lie down sich hinlegen
beside neben
convinced überzeugt
to chat sich unterhalten
in fact eigentlich
particularly besonders
to bet (bet, bet) wetten

room, feeling miserable", seufze ich. "She **hardly** ate anything at dinner, although she'll need all her energy for training tomorrow."
Das Pony stupst mich an, fast so, als wolle es mir sagen: "Hey, don't take it to heart!"
"**You can talk**", sage ich vorwurfsvoll. "Okay, I've only known Maja for two days, but I really like her. Now I**'m afraid** that her feelings for Harald are going to ruin our **friendship** before it**'s** even **begun**. I can understand her, **though**. About a year ago my friend Luisa, the other goalkeeper in my team, also fell in love with someone. He's called Andreas, and when Luisa saw him for the first time it was as if she'd been **struck by lightning**. She thought of nothing but him, she could hardly sleep, she **messed up** an English exam, and in the next handball match she played really badly."
Ich schüttele den Kopf. "She's usually a very **sensible** girl. Love seems to change everything. She was lucky, though, because a few days later Andreas told her that he was in love with her, too. Oh, she was so happy! They were together for **several** months, but in the end Andreas said Luisa was playing handball too often. Training three times a week and a match nearly every weekend was too much for him, and they **split up**. They're still friends now; they both realize that they **were**n't **suited to each other**, after all."

hardly kaum
You can talk. Du hast gut reden.
to be afraid fürchten
friendship Freundschaft
to begin (began, begun) beginnen
though aber
struck by lightning vom Blitz getroffen
to mess up vermasseln
sensible vernünftig
several mehrere
to split (split, split) up sich trennen
to be suited to each other zueinander passen

Eine Weile kraule ich das Pony gedankenverloren.
"I told Maja all about it", fahre ich fort. "But ... well ..."
Ich lasse meine Hand von seinem Hals gleiten und mustere nachdenklich die Gänseblümchen auf der Wiese. Erst als das Pony mich auffordernd mit seinen Nüstern in die Seite stupst, streichele ich es weiter.

certainly sicherlich
to comfort trösten
human Mensch
stallion Hengst
mare Stute
to eat up auffressen
obsessed besessen
to hate sb's guts jdn abgrundtief hassen
to wish sich wünschen

"She's convinced that Harald and only Harald is the love of her life", erkläre ich. "She's right about one thing, though: he's as much of a handball freak as she is, so she **certainly** won't have the same problem as Luisa. At least I could promise her that I'm not at all interested in Harald. That **comforted** her a bit."
Das Pony schaut mich an. Richtig nachdenklich sieht es jetzt aus. So, als würde es denken: "Why do you **humans** have these problems? Horses live in families, which means that one **stallion** usually has several **mares**. If you humans did the same thing, Harald could have you both. Maja would be happy, and maybe you would like it, too, in the end."
Ich muss grinsen. "My dear little pony, you're forgetting one important fact. We humans get jealous."
Das Pony sieht mich immer noch aufmerksam an.
"That means ...", beginne ich. "Well, it's a very strong emotion. It **eats** you **up** – you become **obsessed**. And it always happens when the guy you're in love with is interested in another girl. You **hate** her **guts**, you'd like to scratch her eyes out, you **wish** she was

dead, because we want to have our men **all to ourselves**. That's just **human nature**."

Einen Moment lang schaut das Pony mich noch an, dann dreht es mir sein rundes Hinterteil zu und beginnt zu grasen. Vielleicht möchte es mir ja sagen: "Well, there's nothing I can do about that. You humans have strange problems I don't understand. Life could be so much easier if you didn't take these things so seriously."

all to ourselves
ganz für uns
human nature
menschliche Natur

Als am Sonntagmorgen der Wecker klingelt, hat sich Maja Gott sei Dank schon wieder ein bisschen gefangen.
Sie klettert aus dem Bett über mir, schaut aus dem Fenster und stellt fest: "The weather's beautiful today."

lazybones Faulpelz
wide awake hellwach
disgusting widerlich

Als ich nicht antworte, meint sie: "Hey, Anna-Lena, wake up! Maria Leticia and Birte are in the bathroom already."
Ich knurre etwas, drehe mich auf den Bauch und ziehe mir die Decke über den Kopf.
"Oh, really!", schimpft sie, und ehe ich mich versehe, hat sie mir die Decke weggezogen. "Get up, **lazybones**! The sun's shining, there's not a cloud in the sky. I thought it was always foggy or raining here in Britain."
"Oh, Maja, shut up! How on earth can anyone be **wide awake** at eight o'clock in the morning? It's **disgusting**!", knurre ich.
Ich gebe zu, dass ich der totale Morgenmuffel bin. Außerdem hab ich Muskelkater in Armen und Beinen.
Doch es hilft alles nichts. Grummelnd richte ich mich auf.
"I wonder where we're going this afternoon", überlegt Maja laut, während sie sich frische Klamotten aus dem Kleiderschrank nimmt. "I asked the coaches yesterday, but they said it was a big secret and they wouldn't tell me." Sie verdreht die Augen. "Did Harald give you a clue?"
Harald. Natürlich. Hatte ich wirklich gehofft, dass sie ihn auch nur für eine Minute vergessen würde?

"No, he didn't", sage ich wahrheitsgemäß. "But I've got an idea."
"Have you?" Maja ist ganz Ohr.
"I bet we**'re going hiking** on Dartmoor", sage ich. "After all, Dartmoor National Park is a big tourist attraction, and it's not too far from here. And our coaches will stop at nothing to make us fit. A day walking up and down hills over **hedges** and **ditches** is exactly their idea of fun, isn't it?"
Maja grinst. "You could be right."
Die Tür zum Bad geht auf, und Birte kommt heraus, im Trainingsanzug und mit nassen Stoppelhaaren. "Hey, Anna-Lena, are you still in bed? Come on, get up! You don't want to miss breakfast, do you?"
Brummelnd komme ich hoch, schleiche zum Kleiderschrank und krame ein paar saubere Sachen hervor.

to go hiking wandern gehen
hedge Hecke
ditch Graben

to get used to sth sich an etw gewöhnen
rather lieber
dishwater Spülwasser

Zwanzig Minuten später sitzen wir am Frühstückstisch.

"I think I could **get used to** English breakfasts", sagt Wiesca, die polnische Rückraum-Spielerin, die uns gegenüber Platz genommen hat.

"So could I", stimmt ihr Maja zu. "Eggs and bacon, sausages and fried tomatoes, toast with marmalade, fruit salad, Cornflakes ..."

"I don't like it at all", nörgelt die Französin Florence, die neben Wiesca sitzt. "I'd **rather** have a croissant with strawberry jam."

"And I bet you'd rather have a cup of strong coffee than tea, or the **dishwater** they call coffee here, wouldn't you?", erklingt von hinten eine männliche Stimme mit rauem, nordischem Akzent.

Nicht schon wieder Harald!

Vorsichtig sehe ich mich um.

Er steht hinter uns, mit einem Tablett mit Eiern, Speck und Toastbrot.

"May I sit here?", fragt er freundlich.

Oh nein, bitte nicht! Denn der einzige freie Platz an unserem Tisch ist ausgerechnet der rechts neben mir!

"Yes, of course." Ich zwinge mich zu einem freundlichen Lächeln. Vorsichtig schiele ich in Richtung Maja, die mir schräg gegenüber sitzt, für ihren Geschmack sicherlich viel zu weit von Harald entfernt.

Offensichtlich ist ihr gerade der Appetit vergangen. Mit hängendem Kopf stochert sie in ihrem Spiegelei.

"Thank you very much", meint Harald arglos, stellt sein Tablett auf den Tisch und setzt sich neben mich.

Unwillkürlich rücke ich mit meinem Stuhl ein bisschen zur Seite, damit er mir bloß nicht zu nahe kommt.
Eher zufällig streift mein Blick dabei Florence.
Hat sie Harald wirklich gerade einen schmachtenden Blick zugeworfen? Nicht zu fassen! Sind die Mädchen hier denn alle verrückt geworden?
Na, vielleicht hab ich mich ja auch geirrt. Und selbst wenn nicht – Harald ist hier nun mal der Einzige weit und breit, dessen Gesicht nicht von Falten durchzogen ist wie ein frisch gepflügter Acker. Eigentlich war es von den Organisatoren ziemlich verantwortungslos, einen so gut aussehenden Jungen als Trainer ausgerechnet in ein Mädchencamp zu schicken. Schließlich wollen wir hier Handball spielen und keine Jungs anhimmeln. Aber gut, in dieser Notsituation hatten sie wahrscheinlich gar keine andere Wahl.
Florences Stimme reißt mich aus meinen Gedanken. "Harald, I'd really like to know where we're going this afternoon", sagt sie und schenkt ihm ein unwiderstehliches Lächeln.
Mit gespielter Nachdenklichkeit wiegt er den Kopf. "Well, er ... yes, I think I can tell you."
"Come on, Harald, **out with it!**", drängelt Wiesca.
"We're going on a three-hour **guided tour** of Dartmoor", erklärt er.
Bingo! Ich werfe Maja einen triumphierenden Blick zu. Doch sie bemerkt es gar nicht. Sie stiert immer noch vor sich hin und stochert in ihrem Ei.
Oh je, die Arme! Ich kann mir denken, was gerade in ihr vorgeht.

Out with it! Heraus mit der Sprache!
guided tour Führung

Catching Up

"Please listen, Maja! I didn't want Harald to sit down beside me. Really I didn't. It just happened", sage ich, während ich mit lockeren Schritten neben ihr herjogge.

Es ist kurz nach halb elf. Wir sind alle gemeinsam zu einem Dauerlauf aufgebrochen, und weil Maja ein bisschen zurückgefallen ist, nutze ich jetzt die erste Gelegenheit nach dem Frühstück, um halbwegs in Ruhe mit ihr reden zu können.

"Okay, I realize that", antwortet sie zu meiner unendlichen Erleichterung. "The chair beside you was the only empty one, I know."

to catch up aufholen
besides außerdem
to get sth wrong etw falsch verstehen
to chat sb up jdn anmachen
courage Mut

"Exactly", bestätige ich erleichtert. "**Besides**, as I told you, I'm not at all interested in him. And I'm not sure if he ..."

Ich mache einen großen Satz über einen dicken Stein, bevor ich weiterrede. "I think it's all a big mistake. Maybe we **got** it all **wrong**. Anyway, he didn't try to **chat** me **up** or ask to meet me alone."

"Really?", fragt sie. "Maybe he just didn't have the **courage** to do it."

Dabei wirft sie mir schon wieder einen so traurigen Blick zu, dass ich für einen Moment nicht auf den Weg achte und beinahe über eine Baumwurzel gestolpert wäre.

Hinter uns höre ich leises Keuchen, dann schließt Maria Leticia zu uns auf.
"It's quite cold today, isn't it", meint sie arglos.
Offensichtlich hat sie nicht die geringste Ahnung, dass sie uns stört.
Ich werfe Maja einen kurzen Blick zu, dann antworte ich: "The wind's stronger than it was yesterday. And look at the sea: there's a big cloud coming towards us."
"Mr Walker, the caretaker, left his newspaper on the table. I had a look at the weather forecast", sagt Maria Leticia und verdreht die Augen. "It says there's going to be a lot of cloud, with fog in parts of the country, and some rain here and there."

today of all days ausgerechnet heute
pretty ziemlich
to fall behind zurückfallen

"What a pity", findet Maja und duckt sich unter einen tief hängenden Ast. "**Today of all days**, when we're going on a trip, the weather changes."
"I don't like fog or cloud or rain", gestehe ich. "But they're **pretty** typical for Dartmoor."
"Hey, Maja, Anna-Lena, Maria Leticia! Don't **fall behind**!"
Harald! Seinetwegen kriege ich noch Albträume! Eben war er uns noch mit den anderen ein gutes Stück weit voraus. Doch offenbar hat er auf uns gewartet.
Maja wird rot im Gesicht.
Maria Leticia zuckt die Achseln. "We were just chatting."
"He's right, though – hurry up!", zischt uns Maja zu.
Sie wird schneller und zieht mit einem solchen Tempo

von dannen, dass sogar Harald Mühe hat, mit ihr mitzuhalten.
Wir rennen fünf Kilometer die Hänge hinauf und wieder hinunter, während an unserer Seite das Meer rauscht und der Himmel über dem Wasser immer grauer wird. Weil Maria Leticia und ich uns für den Rest der Strecke ein bisschen mehr aufs Laufen konzentrieren, können wir uns in einer guten mittleren Position halten. Erst als wir die letzten paar hundert Meter bis zu unserer Jugendherberge langsam gehen, fällt uns auf, dass der Wind inzwischen richtig schneidend geworden ist.
"Do you know what Harald is planning for your training today?", fragt Maja, die jetzt schnaufend neben mir geht.
"**Balance** and **co-ordination** exercises", antworte ich. "We have to **balance** on a **bench** and catch handballs **at the same time**."
"That sounds difficult", meint sie.
"And you?", will ich wissen.
"**Jump shots**", erklärt sie. "We have to jump onto a trampoline and from there over an **obstacle**, and we have to try to throw a ball into the goal at the same time."
Ich nicke. "I know that exercise. I was often goalkeeper when my teammates were doing it. The balls are difficult to stop because they come at you so fast. But the players look really cool when they're throwing – strong and athletic, as if they're flying."

balance Gleichgewicht
co-ordination Koordination
to balance balancieren
bench Bank
at the same time gleichzeitig
jump shot Sprungwurf
obstacle Hindernis

Ach, Maja, dabei müsste dich der Harald einmal sehen, hätte ich ihr am liebsten noch gesagt. Ich verkneife es mir nur, weil ein paar von den anderen Mädchen in der Nähe sind und weil ich sie nicht noch mehr frustrieren will.
Stattdessen bleibe ich kurz stehen und halte mein verschwitztes Gesicht in den Wind. Dabei fällt mein Blick auf einen Hügel, der sich in einiger Entfernung vor dem dunkelgrauen Himmel erhebt.
Da ist wirklich ein weißes Pferd! Und es trägt tatsächlich einen dunkelhaarigen Reiter auf seinem Rücken.
Mit elegant gebeugtem Hals trabt der Schimmel den Hügel hinauf, wo er in einen versammelten Galopp übergeht.
Ich seufze leise. Wie schön und romantisch das aussieht! Genau so stelle ich mir König –
"Anna-Lena, come on! We're last again." Rücksichtslos reißt mich Maja aus meinen Träumen.
Mit gerunzelter Stirn sehe ich sie an. "Oh, I don't care now. We're nearly back, anyway. It's **worth** taking a break for this view, isn't it?"
"Trees in the wind and a grey, cloudy sky? I've seen nicer views!", brummt sie und geht weiter.
Verwirrt schaue ich wieder zu dem Hügel.
Das Pferd und sein Reiter sind verschwunden.
Noch einmal stoße ich einen Seufzer aus, dann trotte ich den anderen hinterher. Doch vor meinem inneren Auge sehe ich immer noch, wie das schöne Pferd mit seinem Reiter über den Hügel galoppiert.

worth wert

"Hello, little pony!", rufe ich schon von Weitem.
Erfreut hebt das kleine Pferd den Kopf, kommt zu mir an den Zaun und nimmt den Apfel von meiner ausgestreckten Hand.
Sogar der alte Rappe hebt interessiert den Kopf und kommt ein paar Schritte auf mich zu, bleibt dann aber in sicherer Entfernung stehen.
"Hello", begrüße ich auch ihn. "You're starting to recognize me, aren't you, old man?"
Es ist Viertel nach zwölf. Ich hab mich geduscht und mir Jeans, Anorak und Wanderschuhe angezogen. Und da wir erst um ein Uhr essen, bin ich noch zu den Pferdeweiden spaziert.

to be homesick
Heimweh haben
curious neugierig

"We might be back late tonight. So I'm visiting you now instead", erkläre ich dem Pony und kraule seine wuschelige Mähne. "We're going hiking on Dartmoor. That's where you're from, isn't it?"
Das Pony beachtet mich nicht weiter, sondern sucht nach seinem Apfel, der ihm aus dem Maul gefallen ist.
"You don't seem to **be homesick**, anyway", stelle ich fest. "But I'm excited about going there, and **curious**, too."
Das Pony hat den Apfel wiedergefunden und beißt krachend hinein.
"I've got an idea! Tomorrow I'll cut your apple into pieces, so that you can eat it more easily, okay?", schlage ich vor.
Es hebt seinen Kopf und stößt mich mit seiner Schnauze an. Bestimmt meint es: "Oh yes, please! The apple will taste even better then."

"Of course it will", bestätige ich und strecke meine Hand aus, um seine weichen Nüstern zu streicheln.
Doch da stößt der alte Rappe ein lautes Wiehern aus und kommt mit steifen, aber eiligen Schritten zu uns an den Zaun. Auch das Pony hat seinen Kopf gehoben und sieht aufmerksam in Richtung Wäldchen, das sich nicht allzu weit entfernt zwischen Weide und Dünen erhebt.
Ein heftiger Windstoß fährt durch die kahlen Äste des alten Baumes.
Und über dem Wäldchen, auf der Dünenkuppe, erscheint das weiße Pferd.
Es bleibt stehen und schaut mit gespitzten Ohren in unsere Richtung. Der Wind weht in seiner langen Mähne. Still sitzt sein Reiter auf seinem Rücken und scheint mich direkt anzuschauen.
"From this **distance** he looks quite young", sage ich zu dem Pony. "Maybe he's not much older than me."
Das Pony stößt ein grummelndes Wiehern aus.
"Do you know the two of them?", will ich wissen.
Das weiße Pferd hat sich wieder in Bewegung gesetzt. Langsam tastet es sich über einen sandigen Pfad die Düne hinunter. Dann verschwindet es hinter dem Wäldchen, das noch zwischen uns liegt.

distance Entfernung

Als die beiden aus der Baumgruppe herauskommen, treibt ein Windstoß die dunklen Wolken auseinander. Ein Sonnenstrahl bricht durch und taucht den Reiter und sein Pferd in warmes Licht.
Mir bleibt fast das Herz stehen.
Der Junge, der jetzt schon fast bei mir am Zaun ist,

dürfte höchstens drei Jahre älter sein als ich. Und er hat die strahlendsten blauen Augen, die ich je gesehen habe.
"King Arthur", flüstere ich.
Da stehe ich nun und schaue ihn an, während er langsam auf mich zukommt.
"Tell me, pony, am I dreaming?", wispere ich.

to make friends
sich anfreunden

Der Reiter hält sein Pferd an, ganz nahe bei mir.
"Hello!", sagt er und lächelt mich an.
"Hi!", antworte ich.
Und bemerke erst jetzt, wie rasend schnell mein Herz klopft.
"I see you**'ve made friends** with my pony, Twinkie", stellt King Arthur fest.
Bevor ich antworten kann, muss ich erst mal schlucken. "Yes, I have. He's really cute, and he's so friendly. I'm staying at the sports hotel over there, so I come here to see him every day."
Oh Mann, warum ist meine Stimme bloß so heiser?
"Are you one of the handball players who are training here?", fragt er. "I read an article about you in our local newspaper. 'Handball players from all over Europe coming to Cornwall'."
Elegant gleitet er aus dem Sattel.
Nun steht er neben mir, ganz dicht.
Erst als Twinkie mich mahnend mit der Schnauze anstößt, fällt mir wieder ein, dass ich ihm eigentlich irgendetwas antworten muss. Aber aus unerfindlichen Gründen herrscht in meinem Kopf gerade das totale Chaos. Also nicke ich nur stumm.

"I'm Arthur Montescue", stellt er sich vor, dann weist er mit dem Kopf auf seinen Schimmel. "And this is my horse, Silver Lion."
Er streckt mir die Hand hin, und ich ergreife sie.
Seine Finger sind warm und kräftig.
Vermutlich mistet er Silver Lions Stall selber aus, überlege ich. Ja, er hat so breite, muskulöse Schultern – bestimmt ist er harte Arbeit gewohnt.
Wieder gibt mir Twinkie einen Schubs.
Genau, ich muss mich auch vorstellen!
"And I'm Anna-Lena Ackermann from Germany", sage ich.
Seine blauen Augen strahlen mich an, und mir wird ganz warm ums Herz.
Jetzt erst lässt er meine Hand wieder los.
Einen Moment lang sehen wir uns schweigend an.
"So this ... this is Twinkie, and he's your pony", wiederhole ich schließlich, um überhaupt etwas zu sagen.
Seine Augen leuchten noch ein bisschen stärker. "You could say so. Twinkie has been part of our family for **as long as** I can remember. I learned to ride on him, but of course I'm too tall and heavy for him now. He's quite an old boy now, so he lives in this **paddock** as kind of a **pensioner**, with Black Wizard, my father's old **showjumper**."

as long as so lange
paddock Koppel
pensioner Rentner
showjumper Springpferd

Liebevoll streichelt er dem schwarzen Pferd, das ruhig und zufrieden bei ihm steht, über den Hals.
"How old is he?", möchte ich wissen.
"Black Wizard is thirty-two. A great-grandfather,

really", erklärt Arthur. "He's getting quite **stiff** now. Sometimes, when he lies down in the paddock, he can't get up **by himself**, and we can hardly get him on his feet again, even with two or three people helping."
"**Oh dear**", sage ich beeindruckt.
Arthur zuckt die Achseln. "We can only let him out in this paddock because your caretaker, Mr Walker, **keeps an eye on** him. If he sees that Black Wizard isn't well, he phones us."
"Poor horse", murmele ich und mustere den Rappen mit mitleidigen Blicken.
"Oh, not really", widerspricht Arthur. "He's fine most of the time. He eats well, and he's not in any pain. He'll be with us for a **couple of** years yet – at least, I hope so."
Er hat seine rechte Hand mit den Zügeln des grasenden Silver Lion auf den Weidezaun gelegt und krault Black Wizard mit den Fingern seiner Linken. Nun geht auch Twinkie zu ihm hin und nuschelt ihm mit seinen Nüstern über den Unterarm. Die dunklen Augen des Ponys strahlen; ich kann ihm richtig ansehen, wie gern es Arthur mag.
Der wechselt das Thema. "You don't look like someone who's going to play handball. You look more **like** you're going hiking."
"Yes, I am. We're planning to go to Dartmoor this afternoon", sage ich. "We did some training this morning: a **long-distance run**, co-ordination exercises, jump shots and so on."

stiff steif
by oneself von alleine
Oh dear. Oje.
to keep an eye on sb jdn im Auge behalten
couple (of) paar
like als ob
long-distance run Langstreckenlauf

"That sounds like hard work", bemerkt er anerkennend. "Well, the newspaper said that you're some of the most talented handball players of your generation. I think I saw you running earlier, when I was riding over the hills on Silver Lion."

to belong to sb
jdm gehören

Ich runzele die Stirn. "You must have been riding for more than two hours now. That's a long time."
Er lächelt. "Of course it is. But I'm on holiday."
Für einen Moment sehe ich mich an Arthurs Seite reiten, auf einem edlen Braunen im Galopp am Strand entlangfliegen, während meine langen Haare im Wind wehen.
"Riding through this beautiful countryside, for hours and hours ... that must be wonderful", meine ich, schließe verträumt die Augen und halte mein Gesicht in den Wind.
"There you are! I thought you'd be here."
Erschrocken schaue ich mich um.
Ach, Maja, du hast wirklich ein Talent, mich immer wieder aus meinen schönsten Träumen zu reißen!
Sie ist hinter mir stehen geblieben; ihre Wangen sind ein bisschen rot vom schnellen Laufen.
"Come on, Anna-Lena! Everyone's already having lunch. The trainers asked me where you were", drängelt sie mich.
Mir entgeht nicht, dass sie Arthur, der immer noch am Zaun steht und Twinkie und Black Wizard gleichzeitig krault, einen prüfendenen Blick zuwirft.
"Maja, this is Arthur Montescue", stelle ich ihn vor. "The pony's called Twinkie, and he **belongs to** him.

Arthur, this is my friend and teammate Maja Sera, from Budapest."

Eigentlich will ich noch hinzufügen, dass sie Kreisläuferin ist. Aber dann fällt mir ein, dass er wohl nicht allzu viel davon hätte, da Engländer ja so gut wie nichts vom Handball verstehen.

"Hello, Arthur", begrüßt ihn Maja. "Sorry to interrupt. But if Anna-Lena doesn't come back with me soon, our trainers might send out a **search party**."

"Oh dear", meint Arthur mit amüsiertem Lächeln. "Well, bye, **then**. I hope you have fun on Dartmoor!"

Er klopft Twinkie noch einmal den Hals, streichelt Black Wizard über die Mähne, setzt einen Fuß in den Steigbügel seines Schimmels, steigt mit einer kraftvollen Bewegung in den Sattel und nimmt die Zügel auf.

"Bye! Have a nice time!", verabschiede ich mich möglichst locker. Dabei ist mir alles andere als fröhlich zumute. Ehrlich, wenn Danielle jetzt hier auftauchen und mir anbieten würde, auf den Ausflug zu verzichten und stattdessen bei Arthur zu bleiben, würde ich nicht nein sagen.

Komisch, dabei kenne ich den Jungen doch kaum!

search party Suchtrupp
then also

"Maybe I'll see you again", sagt er noch, dann wendet er sein Pferd und reitet in leichtem Trab davon.

Erst als Maja leicht genervt am Ärmel meines Anoraks zieht, wird mir klar, dass ich immer noch dastehe und ihm hinterherstarre. Mein Gott, wie peinlich!

Schnell drehe ich mich um und marschiere hinter Maja her in Richtung Sportlerheim.

Doch mit jedem Schritt fällt es mir schwerer, mich

nicht noch einmal nach Arthur umzuschauen. Und in meinem Kopf rotiert und hämmert nur ein einziger Gedanke: Ich muss ihn wiedersehen, ich muss ihn wiedersehen, ich muss ihn wiedersehen …

"What a pity that the weather**'s turned** bad just when they take us on a long walk", beklagt sich Birte. Mit gerunzelter Stirn schaut sie hinaus auf den immer noch von grauen Wolken bedeckten Himmel.
Es ist früher Nachmittag, wir sind schon länger mit dem Bus in Richtung Dartmoor unterwegs und werden bestimmt bald ankommen.
"Look how **deserted** the countryside is", sagt Maja.
"Well, the wind seems **to be dying down** at last", tröstet uns Maria Leticia, die mit Birte auf der Bank hinter Maja und mir Platz genommen hat. Die beiden stehen, die Unterarme auf unsere Rückenlehne gestützt. "And we're not **made of** sugar, are we?"
"Of course not", stimmt ihr Birte zu.
"Don't forget, we're in Britain. The weather could be much worse", ergänzt ihre Freundin. "And anyway, a grey, cloudy sky **goes** quite well **with** the Dartmoor landscape. It could even be quite romantic."
"Romantic?" Ungläubig schüttelt Maja den Kopf. "I don't think so. I think it's just **gloomy**."
"Well then, let's say that it's gloomily romantic", neckt Birte sie fröhlich. "I'm excited about our Dartmoor trip."

to turn *hier:* werden
deserted verlassen
to die down sich legen
made of aus
to go with sth zu etw passen
gloomy düster

"Anna-Lena!" Maja stößt mich so plötzlich mit dem Ellenbogen an, dass ich erschrocken zusammenfahre. "Why are you so quiet? You haven't said a word since we left."
"Maybe it has something to do with the fish we had for lunch", meint Birte grinsend.

Maria Leticia macht große Augen. “Yes – maybe Anna-Lena’s fish was **poisoned**!”
“Oh, don’t be silly! If the fish was the reason, we’d all be sitting here staring out of the window and saying nothing, just like Anna-Lena”, widerspricht Maja und mustert mich besorgt.
Ich werfe meinen Zimmergenossinnen einen genervten Blick zu. Können die mich nicht einfach in Ruhe lassen und akzeptieren, dass ich ausnahmsweise mal keine Lust zum Quatschen habe? Denn – nein, ich hab überhaupt keinen Bock, ihnen zu erklären, dass ich die ganze Zeit pausenlos an einen Jungen denken muss, den ich heute Mittag zum allerersten Mal in meinem Leben gesehen habe und wahrscheinlich nie wieder sehen werde.
Unser Bus biegt auf eine schmale Nebenstraße ab und hält auf einem großen, fast leeren Parkplatz.

poisoned vergiftet
mood Stimmung

“There’s nobody else here for miles around”, brummt Maja. “Where have they brought us? To the end of the world?”
“You’re not at all in the **mood** for hiking, are you?”, bemerkt Maria Leticia.
“Great!”, sagt Birte und verdreht die Augen. “We’re on a trip to Dartmoor, Anna-Lena’s not talking, and Maja’s in a bad mood.”
Wir nehmen unsere Rucksäcke, steigen aus und stellen uns in einem Kreis um unsere Trainer herum.
Ist es Zufall oder Absicht, dass Harald wieder viel zu nahe bei mir steht? Die schmachtenden Blicke, die Maja ihm zuwirft, entgehen mir jedenfalls nicht.

"I hope our guide hasn't forgotten about us." Trainerin Elzbieta schaut auf die Uhr und sieht sich noch einmal um.

handsome
gutaussehend
university
Universität
distraction
Ablenkung

"We can phone her if you like", bietet ihr Trainer José an und kramt in der Tasche seiner Jeans nach seinem Handy. "You've got her number, haven't you?"
Elzbieta nickt und holt einen Zettel aus ihrer Handtasche.
Ich sehe mich um. Der Himmel ist immer noch grau, und diesig ist es auch.
Während José wählt, schlägt irgendwo hinter uns eine Autotür zu. Eine Frau ist gerade aus einem grünen Mini ausgestiegen. Trainer Sigurd hat sie auch gesehen.
"Look!", sagt er zu seinen Kollegen. "The lady over there might be our guide."
"The lady" entpuppt sich als eine hagere ältere Dame mit silbergrauen Haaren, einer Brille und einem verkniffenen Mund. Sie scheint tatsächlich unsere Führerin zu sein, denn sie kommt mit schnellen Schritten auf uns zu und nickt dabei grüßend.
"What a pity!", seufzt Birte. "I'd have preferred a **handsome university** student, wouldn't you?"
Maria Leticia nickt heftig. "Yeah, me too. A young student would have been a nice **distraction**, since we're living in a man-free zone."
"Living in an *almost* man-free zone, you mean", verbessert sie Birte. Sie spricht ganz leise, damit Harald uns nicht hören kann.

"I think this lady goes perfectly with the landscape", knurrt Maja. "And her dark green coat will be good **camouflage**."
"Hello", stellt die Frau sich jetzt laut vor. "I'm Susan Natriball, and I'll be guiding you across Dartmoor this afternoon."
"Nice to meet you." Trainerin Danielle schüttelt ihr herzlich die Hand und spricht leise ein paar Worte mit ihr. Dann wendet sie sich an uns: "We've already talked about safety **measures**. Has everybody got their mobile with them?", fragt sie.
"Why's she asking us again?", flüstere ich Maja zu.
Eben im Bus war mein Handy nämlich eindeutig in der rechten Tasche meines Anoraks. Darum nicke ich jetzt brav, genau wie die anderen auch.
"Good", meint Danielle. "Once again: if you lose contact with your group, phone me at once. Remember, when we were on the bus I gave you all cards with my mobile number. Please don't lose them!" Mit strengem Blick sieht sie in die Runde. "Does everyone understand?"
Wieder nicken wir folgsam. Wer hätte auch schon Lust darauf, alleine und verlassen durch das Dartmoor zu irren?
Endlich marschieren wir los, über einen breiten Kiesweg in das Moor hinein. Harald ist diesmal ein gutes Stück von uns entfernt. Er geht mit seinem Vater und Mrs Natriball vorneweg, was Maja mit einem leisen Seufzer quittiert. Doch dann wendet sie ihre Aufmerksamkeit wieder der kargen Landschaft zu.

camouflage Tarnung
measure Maßnahme

"Well, Maja, you can **grumble**, but I like Dartmoor", sagt Birte nach einer Weile.
Zur Antwort knurrt und brummt Maja wieder, diesmal allerdings ziemlich unverständliches Zeug, vermutlich auf Ungarisch.
Ich nicke. "I like it, too. It's a really wild landscape. Lonely hills, lots of little streams, and a **sinister atmosphere** – just my kind of thing!"

to grumble murren
sinister unheimlich
atmosphere Atmosphäre
blossom Blüten
covered in bedeckt mit
icing sugar Puderzucker
archaeological archäologisch
site Stätte

"I love all the wild flowers, and the **blossom** on the hedges", fügt Maria Leticia hinzu. "Look at the hill over there! It looks as if it's **covered in** pink **icing sugar**."
Mein Blick folgt ihrer ausgestreckten Hand ... und ich muss blinzeln. Denn für einen Moment kommt es mir so vor, als stünden dort ein fuchsfarbenes Pony und ein dunkelhaariger Junge, der ihm zärtlich seinen Arm um den Hals gelegt hat.
Verwirrt schüttele ich den Kopf, und das Trugbild ist verschwunden.
Menschenskind, Anna-Lena!, ermahne ich mich. Du hast dir doch so sehr gewünscht, das Dartmoor zu sehen. Und jetzt, wo du wirklich hier bist, kriegst du diesen Arthur nicht aus dem Kopf ...
Wir steigen eine Anhöhe hinauf. Oben angekommen, lässt uns Mrs Natriball anhalten und beginnt zu erzählen: "Ladies and gentlemen! Did you know that there are a lot of **archaeological sites** on Dartmoor? There are stone circles here that are about four

thousand years old. There are also **single** standing stones, lines of stones like the famous ones at Carnac in France, and even the **ruins** of **Stone Age** villages, farms and roads. Dartmoor sits on a thick **layer** of **granite**, so it's also a **water reservoir** for the **region**. And perhaps you've heard of Dartmoor Prison? The first prison was built here in 1195, and it was famous for treating the **prisoners** very **harshly**. In 1806, the prison we see today was built in Princetown ..."

"Okay, we know all that", flüstert Maja gelangweilt.

"I don't want to listen, either", antworte ich ganz leise. "Let's enjoy the view instead."

"Look down the valley!", wispert meine Freundin. "See the grey stone bridge over the stream?"

Die Sicht ist jetzt allerdings deutlich schlechter geworden. Feiner Nebel beginnt über die Hügel zu kriechen. Aber das sage ich Maja besser nicht. Sie hat sowieso schon genug Angst. Obwohl ...

Wovor fürchtet sie sich eigentlich? Wir sind hier doch in einer großen Gruppe zusammen, und die Führerin kennt sich bestimmt gut aus.

Mrs Natriball erzählt noch ein bisschen von Sir Arthur Conan Doyle, woraufhin ich natürlich sofort wieder an Arthur Montescue denken muss. Conan Doyles Roman *The* ***Hound*** *of the Baskervilles* spielt im Dartmoor, im vorletzten Jahrhundert. Außerdem erwähnt sie die englische Kinderbuchautorin Enid Blyton, die

single einzeln
ruin Ruine
Stone Age Steinzeit
layer Schicht
granite Granit
water reservoir Wasserspeicher
region Gegend
prisoner Gefangene(r)
harshly brutal
hound Hund

das Dartmoor ebenfalls zum Schauplatz von zwei Büchern gemacht hat.
Endlich gehen wir weiter.
Ich versuche, auf den steinigen, ein wenig rutschigen Weg zu achten und auf die seltenen Pflanzen, auf die uns Mrs Natriball hinweist. Denn ich will den Ausflug genießen und nicht nur an den Reiter auf seinem weißen Pferd denken. Doch obwohl mich die Mädchen in Gespräche zu verwickeln versuchen, kehre ich in Gedanken immer wieder zu der Begegnung mit Arthur zurück.
Nur beiläufig bemerke ich, dass der Nebel tatsächlich dichter und dichter wird. Bis Maria Leticia plötzlich ausruft: “Oh dear, no more nice views now. This fog is terrible!”
Ich sehe mich um. “Oh my God! I can only see a few metres in front of me.”
In feinen Schwaden windet sich der Nebel um die Sträucher und um die Äste der wenigen einsamen, vom Wind gekrümmten Bäume. Er verwandelt sogar einige aus unserer Gruppe in dunkle Schatten.
Oh Mann, Anna-Lena, hör endlich auf zu träumen und pass lieber auf!, ermahne ich mich.
“What’s that?”, fragt uns Maja. Keine Ahnung, warum sie dabei flüstert.
Maria Leticia kneift die Augen zusammen. “I think there’s a building over there. But it’s too foggy. I can only see a kind of huge, grey wall.”
“It looks really high”, meint Wiesca, die dicht hinter uns geht. Ein paar Schritte später fügt sie hinzu: “It’s a ruin!”

"I think it's an old castle", sage ich.
"How romantic!", findet Birte.
Maja wirft ihr einen entgeisterten Blick zu.
Unsere Führerin bleibt wieder stehen und erzählt uns eine vermutlich ziemlich spannende Geschichte von einem mittelalterlichen Schloss. Aber ich kriege nur zur Hälfte mit, was sie redet, denn vor meinem inneren Auge formt sich das Bild eines Kriegers, der in schimmernder Rüstung, mit erhobenem Schwert, im Sattel eines weißen Pferdes auf mich zu galoppiert.
Arthur.
Egal welcher.
Oh je! Die Erkenntnis durchzuckt mich wie ein Blitz.
Ich fürchte, ich hab mich verliebt.
Als mich Maja mit dem Ellenbogen anstößt, fahre ich erschrocken zusammen. "Stop **daydreaming**! Mrs Natriball has finished at last. We're moving on!"
"Er ... okay", stottere ich leicht verwirrt.
So komme ich wenigstens auf andere Gedanken!

to daydream mit offenen Augen zu träumen
to have sth on one's mind etw auf dem Herzen haben

Wir kraxeln einen steinigen Weg entlang, über die Hügelkuppe und dann allmählich talwärts.
Maja und ich sind mal wieder die Letzten.
Ich glaube, meine Freundin geht sogar absichtlich langsam. Und irgendwann fragt sie mich: "Please tell me, Anna-Lena. What's the matter with you? You've hardly said a word all day, and there**'s** obviously **something on your mind**. Are you homesick, or ill, or something?"

"Well, yes ... er ... no, of course not", beginne ich und fühle mich ganz hilflos.
Was soll ich ihr denn sagen? Ich kapiere doch selbst gerade kaum, was in mir abgeht!
"I think I know", meint sie, bleibt stehen und sieht mich fast mitleidig an. "You're in love, aren't you? You**'ve fallen for** that guy on the white horse."
"Me?! What do you mean?", versuche ich abzuwehren.

to fall for sb sich in jdn verknallen
written geschrieben
whether ob

Sie verschränkt die Arme vor der Brust. "Come on! I'm not a complete idiot. I guessed the minute I saw you two together. I thought: oh dear, Anna-Lena's got it bad, too." Grinsend schüttelt sie den Kopf. "You were staring at that Arthur as if he were Attila the Hun."
Entsetzt sehe ich sie an. "Maja, why on earth are you comparing Arthur Montescue to the king of the Huns? That's a terrible thing to say!" *Fast* hätte ich ihr das gesagt. Aber dann fällt mir ein, dass die Hunnen irgendwie mit den Ungarn verwandt sind, sogar Majas Vorfahren sein könnten.
"Okay, you're right. I do like Arthur", sage ich darum nur. "But let's be realistic! I hardly know him. How do I know that I'm really in love with him?"
"Anna-Lena, it was **written** all over your face", sagt sie mit einem leisen Seufzer. "And you can only find out when you meet him again **whether** your love is going to last."
"Great!" Hilflos breite ich die Arme aus. "But I've got no idea whether he wants to see me again. And any-

way, this is not the time to be thinking about falling in love. I've come to this camp to play handball, haven't I? I've been so excited – I've been looking forward to it for months. And now ... Now this has happened. It's such **bad luck**!"

Maja atmet tief durch, sie sieht ganz traurig aus. "Well, same here. I came to play handball, too. But then I fell in love, and the whole world changed from one minute to the next. I guess we can't do anything about it, even if we want to."

bad luck Pech

Sie umarmt mich und drückt mich ganz fest.

Da stehen wir nun, zwei total verliebte Mädchen, ganz allein im nebligen Nirgendwo ...

Allein? Der kalte Schrecken fährt mir in die Glieder.

Left Behind

Tatsächlich.

Um uns herum ist nichts, wirklich *gar nichts* zu sehen, außer der dicken grauen Nebelsuppe und dem schwarzen Schatten eines kahlen Baumes.

Maja hat immer noch ihren Kopf an meine Schulter gedrückt und ahnt gar nicht, in welch verzweifelter Lage wir uns befinden.

"Er … Maja." Vorsichtig tippe ich sie mit dem Zeigefinger an.

Endlich hebt sie den Kopf. Sie schaut sich um … und wird blass.

"Where are the others?", fragt sie mit schwacher Stimme.

"They**'ve gone**", stelle ich fest.

"Oh no!", stöhnt sie und ruft laut: "Haraaaaald, Danieeelle, where aaare you?"

Ich stimme mit ein: "Biiirteee! Maria Letiiicia! We're heeere!"

Eine Weile warten wir ab, doch von unserer Gruppe ist immer noch nichts zu hören oder zu sehen.

Wir schreien noch einmal so laut wir können.

Ohne Erfolg.

"I guess they're too far away already", meint Maja schließlich.

"No problem. We can phone them", beruhige ich sie und krame in der rechten Tasche meines Anoraks nach meinem Handy.

left behind zurückgelassen
have gone sind weg

reception Empfang
walking wandelnd
disaster Katastrophe
to get out of sth aus etw herauskommen
dead zone Funkloch
at some point irgendwann

Aber … es ist nicht da!
Hektisch suche ich in meiner linken Jackentasche, danach in meinen Jeans, dann rufe ich entsetzt aus: “I don’t believe it! My mobile’s gone!”
“Don’t worry! Calm down”, beruhigt mich Maja. “We can use mine instead.”
Sie zieht ihr Handy aus der Tasche ihres Anoraks, ebenso wie das Kärtchen mit Danielles Telefonnummer. Doch statt zu wählen, starrt sie nur mit großen Augen auf das Display – und wird noch eine Spur bleicher.
“No **reception**”, erklärt sie.
“Oh no! Why on earth are we such **walking disasters**?”, stöhne ich.
Aber so schnell gebe ich nicht auf! “Okay, we have to **get out of** this **dead zone** so we can make the call”, sage ich in zuversichtlichem Ton.
“All right”, stimmt mir Maja zu.
Sie sieht sich noch einmal nach allen Seiten um, was in diesem scheußlichen Nebel natürlich überhaupt nichts bringt. Dann kraxeln wir langsam weiter den feuchten, rutschigen Weg hinunter.
Nach fünf Minuten hält Maja wieder an und schaut erneut auf ihr Display.
“Still no reception!”, piepst sie. “Do you have any idea how big these dead zones usually are?”
“No, I don’t”, gebe ich zu. “Let’s just keep walking; I’m sure we’ll be able to phone **at some point**. Maybe we’ll even catch up with our group.”

"Of course, you're right", meint Maja. "If we follow this path, we can't miss them."
Doch nur wenige Minuten später stehen wir an einer Weggabelung.
"**Bloody hell!**" Wütend stampft meine Freundin mit ihrem Fuß auf. "How on earth **are** we **supposed to** know which way to go now? Our trainers should have checked our group when they got to the **crossroads**, to see if everybody was still there, shouldn't they? "
Frustriert zucke ich die Achseln. "Well, I guess they didn't."
Mit einer hektischen Bewegung zieht Maja ihr Telefon aus der Tasche, doch es rutscht ihr aus der Hand und kracht auf den steinigen Boden.
"No!", ruft sie aus, packt es, tippt auf den Tasten herum … und sieht mich an, mit großen Augen, die vor lauter Angst noch dunkler geworden sind.
"It's **broken**."

Bloody hell! Verdammte Scheiße!
to be supposed to do sth etw tun sollen
crossroads Kreuzung
broken kaputt

"But it can't be!" Mir wird schwindlig vor Schrecken. Ich schließe die Augen und kämpfe gegen die Panik an, die wie eine Welle in mir hochzuschwappen droht.
Als mein Kopf langsam wieder klarer wird, krame ich noch einmal sorgfältig in allen meinen Taschen.
"My mobile's definitely gone. There's nothing I can do about it", sage ich. Wütend schüttele ich den Kopf. "In the bus, when I stood up, it was definitely in the pocket of my anorak. And it's a big pocket. Nothing I've put in it has ever fallen out before."

Nein, ich hab wirklich keine Ahnung, was passiert sein könnte.
"Well, it doesn't make any difference now", meint Maja mit rauer Stimme. "We're alone, we're on Dartmoor in the fog, and we have no idea how to find our group."
"Haraaald! Danieeelle! Hey, we're heeere!", schreit Maja verzweifelt.
Doch sie bekommt immer noch keine Antwort.
"What a mess!", stöhne ich. "Why didn't we notice before?"
"Because we were talking about love", stellt meine Freundin fest. "It makes you forget everything else."
Wütend stampfe ich mit dem Fuß auf. "Why did we have to fall in love, anyway? These stupid boys just **addle** our **brains** and make us unhappy, and now it's their **fault** that we're lost in the fog. They're nothing but trouble!"
Neben mir höre ich ein leises Schluchzen. Maja hat sich auf einen Stein sinken lassen, den Kopf in ihre Hände gestützt und weint vor sich hin.
"Oh no, you seem to be even more **desperate** than I am", murmele ich.
Das ist eigentlich ja auch kein Wunder. Schließlich fand sie das Dartmoor von Anfang an unheimlich und furchteinflößend. Jetzt sind wir hier auch noch ganz allein, ausgerechnet im dichtesten Nebel …
Dabei ist die arme Maja nur meinetwegen in diese Situation gekommen. Sie hat gemerkt, dass mich etwas beschäftigte, und wollte mit mir darüber reden.

to addle sb's brains jdn konfus im Kopf machen
fault Schuld
desperate verzweifelt

Und für ein paar Minuten haben wir alles um uns herum vergessen.

Ich hocke mich neben sie und lege ihr den Arm um die Schulter. "Hey, **don't panic**! We're handball players, aren't we? You know those games when you think you**'re fighting a losing battle**, and then in the end you win? We're going to get out of this mess, too, I promise!"

Don't panic. Keine Panik.
to fight a losing battle auf verlorenem Posten kämpfen
split second Bruchteil einer Sekunde
to pass passen
to act handeln
instinctively instinktiv

Mit tränenverhangenen Augen sieht sie mich an. "I hope you're right."

"I am", bestätige ich und versuche, ganz viel Überzeugung in meine Stimme zu legen.

"All right", sagt sie, wischt sich mit einer entschlossenen Geste über die Augen und steht auf. "What are we going to do now?"

"We have to choose one of the paths", schlage ich vor.

"What if we take the wrong one?", fragt sie ängstlich.

"We'll have to risk it", erkläre ich. "Look, it's like when you're standing in front of the goal and you have a **split second** to decide whether to try to score a goal or **pass** the ball to another player. You don't know what's right, but you have to **act**. And you usually find you **instinctively** do the right thing."

"Well ... okay", sagt sie nur.

Da stehen wir also vor dieser Weggabelung.

"I think we should take the left-hand path", meint Maja plötzlich mit fester Stimme.

"Why do you think that?"

"First of all, it's wider, and **secondly**, it goes steeply **downhill**", erklärt sie. "Also, the **edges** are **trampled**. It looks as if a lot of people walked this way quite **recently**."
Ich betrachte den Weg genauer und vergleiche ihn mit dem anderen.
"You're **absolutely** right", stimme ich ihr zu. "Let's take this one."
Aber können wir denn wirklich so genau wissen, ob ausgerechnet unsere Leute diese Spuren verursacht haben? Eben auf dem Parkplatz war zwar wenig los, doch im Dartmoor sind normalerweise ziemlich viele Touristen unterwegs.
Aber ich werde den Teufel tun, meine Zweifel zu äußern. Maja hat doch auch so schon genug Angst.
Also nehmen wir *ihren* Weg und kraxeln vorsichtig den Pfad hinab, der allmählich immer enger und steiler wird.
"Did you hear that?", fragt Maja nach einer Weile.
Ich bleibe stehen und spitze die Ohren. "There's a stream down there. It's quite close."
"Hurrah! We'll soon be down in the valley! If we're lucky, our group will be there waiting for us", jubelt Maja und geht schneller.
Vorsichtig klettere ich hinter ihr her.
Das Rauschen wird lauter, der Weg ein bisschen flacher, bis ich unter uns durch den Nebel hindurch ein dunkles, gewundenes Band erkennen kann.
"I can see the stream", stellt Maja erleichtert fest.

secondly zweitens
downhill bergab
edge Rand
trampled zertrampelt
recently vor Kurzem
absolutely völlig

"At last!", seufze ich. "I hope it's going to be easier from now on –"
Plötzlich gibt unter meinem linken Fuß ein Stein nach, ich knicke weg, ein heftiger Schmerz fährt durch meinen Knöchel, ich falle auf die Seite und kullere den Hang hinab, alles dreht sich, ich schlage mit meinem Kopf gegen einen Stein, greife nach einem Ginsterbusch und rutsche ab, etwas kracht gegen meine Rippen, mein T-Shirt reißt …

to slip ausrutschen
soaking wet klatschnass

Und dann liege ich im Gras, benommen und ein bisschen schwindelig, und schnappe nach Luft.
Der Boden unter mir ist klatschnass, und meine Klamotten saugen sich augenblicklich voll Wasser.
Vorsichtig versuche ich mich aufzurichten.
"Oh no, why did this have to happen?", höre ich Maja rufen. "Anna-Lena, are you okay?"
Durch den Nebel kann ich sie wie einen Schatten erkennen, der schnell auf mich zuschwebt.
"Don't panic, I'm all right. I **slipped** and fell, that's all", versuche ich sie zu beruhigen.
Sie ist schon fast bei mir. "Oh my God, you look terrible!"
Deinem Gesichtsausdruck nach zu schließen muss ich wirklich ganz furchtbar aussehen, denke ich.
Mit einem leisen *Platsch!* kniet sie neben mir nieder.
"Come on! You have to get up, you're **soaking wet**", fordert sie mich auf.
"I noticed", knurre ich, ziehe mein rechtes Bein unter den Körper, will aufstehen …
"Ouch!" Durch meinen linken Fuß jagt ein stechender

Schmerz. Wenn Maja mich nicht aufgefangen hätte, wäre ich wahrscheinlich wieder zurück in den Matsch gefallen.
"What's the matter?", keucht sie und stützt mich.
"I think **I've sprained** my **ankle**", presse ich hervor.
Sie sagt nichts. Aber ich kann mir gut vorstellen, was sie jetzt denkt. Musste ausgerechnet das auch noch passieren?
"Are you able to **tread on it**?", fragt sie schließlich.
Vorsichtig belaste ich den Fuß, und prompt sticht es wie spitze Nadeln im Knöchelgelenk.
"It's not too bad", flunkere ich.
Auf Maja gestützt, humpele ich ein paar Meter bis zu einem großen Stein hinüber.
Oh je! Nicht nur mein Fuß tut weh, sondern auch die Rippen rechts, und mein Kopf brummt wie ein Bienenstock. Außerdem schmatzt der feuchte Boden unter uns bei jedem Schritt; unsere Füße sind klatschnass.
Mit einem Seufzer lasse ich mich auf den Stein sinken.
"Your foot hurts like hell, doesn't it?", fragt Maja besorgt.
"No, no", winke ich ab. "It'll be all right. It's probably only a **slight sprain**. If it were anything worse I wouldn't be able to walk on it at all."
Dass auch "leichte Verstauchungen" richtig schmerzhaft sein können, ebenso wie geprellte Rippen und eine dicke Beule am Kopf, weiß Maja sicher selbst.
"You may be right", stimmt sie mir zu. "But I don't think you'll be able to walk far."

to sprain verstauchen
ankle Knöchel
to tread (trod, trod) on it auftreten
slight leicht
sprain Verstauchung

Okay, also gut, Maja hat recht. Auch jetzt, während ich sitze, pocht und zieht es in meinem Knöchel.

to rest eine Pause machen
to get off sth aus etw herauskommen
somehow irgendwie
on one's own alleine

Doch inzwischen haben wir leider völlig die Orientierung verloren. Und allzu lange sitzen bleiben kann ich auch nicht mehr, denn mir ist schon jetzt furchtbar kalt. Kein Wunder – meine Kleider sind patschenass.

"Just let me **rest** for a bit. My foot will be better then", bitte ich sie trotzdem.

"All right", meint sie, setzt sich neben mich und schaut nachdenklich auf den Boden.

"What are we going to do now?", fragt sie mich nach einer Weile ratlos.

"We have to find a way **to get off** the moor **somehow**", erkläre ich. "I think you'll just have to go and look for it **on your own**."

Erschrocken sieht sie mich an. "No way! I'd be sure to lose you in this terrible fog."

Sie hat recht, das ist wirklich eine schauderhafte Vorstellung. Aber was sollen wir denn sonst machen?

"We could keep shouting to make sure we can still hear each other", schlage ich vor.

Doch Maja schüttelt den Kopf. "I'm not going to leave you alone. No way."

Ja, und was jetzt?

Ich stütze den Kopf in die Hände und versuche nachzudenken. Ach, wenn mir doch nur nicht so kalt wäre!

"Hey, you're shivering", sagt meine Freundin, rückt enger an mich heran und legt mir den Arm um die Schulter.

to make it
es schaffen

"Oh, thank you", murmele ich.
Verdrossen beobachten wir weiter den ziehenden Nebel.
Welche eigenartigen Figuren und Formen er bildet, wenn man genauer hinschaut! Da sind jede Menge Spiralen, Bänder und Kreise. Und jetzt sieht es sogar so aus, als würde sich eine riesige Hand formen, als würde sie näher und immer näher kommen und ihre langen, dürren Finger nach uns ausstrecken ...
Okay, Anna-Lena, ganz ruhig! Dir ist kalt, du hast dir mächtig den Kopf gestoßen und Angst hast du obendrein. Trotzdem darfst du dir jetzt nicht den größten Blödsinn zusammenfantasieren!
Ich schließe die Augen, mache sie wieder auf – die dürren Finger sind verschwunden.
Mein Fuß tut mir, wie ich erleichtert bemerke, auch nicht mehr ganz so schlimm weh. Dafür ist mir immer noch tierisch kalt.
"Anna-Lena, look!", meint Maja plötzlich. Ihre Stimme klingt angespannt.
"What is it?"
"There's something interesting over there", sagt sie. "You can only see it if you look carefully. I think it's a bridge over the stream."
Ich kneife die Augen zusammen und versuche, in der grauen Suppe irgendetwas zu erkennen.
"Yes, there is a sort of grey line over the stream", stelle ich fest. Ich überlege einen Moment. "Let's walk over there. If it really is a bridge, we'll know where we are again."
"Do you think you can **make it**?", fragt sie mich.

"Of course I can", sage ich betont zuversichtlich.
Also stehen wir auf. Ich lege Maja meinen linken Arm um die Schulter und humpele mit ihrer Unterstützung über die sumpfige Wiese.
Doch ich kann die Zähne zusammenbeißen, so viel ich will: Mit jedem Schritt werden die Schmerzen in meinem Fuß wieder schlimmer. Spätestens, als wir kurz vor der Brücke angekommen sind, ist mir klar, dass ich auch mit Majas Hilfe kaum mehr als zwei- oder dreihundert Meter am Stück gehen kann.
Nein, ich darf jetzt nicht darüber nachdenken, was das für uns bedeutet!
Verbissen kämpfe ich gegen die Verzweiflung an, die nun wieder in mir hochsteigt. Wir werden es schon irgendwie schaffen, Maja und ich!
"Oh no!", ruft meine Freundin plötzlich aus.

to lead (led, led)
führen

"What's the matter?", frage ich alarmiert und schaue hoch.
Dann sehe ich es selbst: Unser Weg führt wirklich von dem Hügel hinunter über die aus grauen Wackersteinen errichtete Brücke. Aber die Brücke ist in der Mitte eingestürzt!
Schlagartig wird mir klar, was das bedeutet.
"We've taken the wrong path", keuche ich. "Mrs Natriball would never have brought us down a path that **leads** over a broken bridge!"
"But I was so sure!" Majas Stimme ist nur noch ein Flüstern.
Wir gehen noch ein paar Schritte und lassen uns auf einen umgekippten Baumstamm sinken.
"Well, here we are", sage ich.

"... lost somewhere in the fog, far away from our friends. They don't know where we are, and we can't contact them", jammert Maja.
Die Verzweiflung in ihrer Stimme jagt mir Schauer über den Rücken.
Ja, und zu allem Unglück ist es auch noch furchtbar kalt.
"Don't be scared", beruhige ich sie trotzdem. "They'll find us when this horrible fog **lifts**, if not before."
"That could take **forever**, though, couldn't it?", seufzt sie.
Ich zucke die Achseln. "I've no idea."
Ratlos und stumm hocken wir auf unserem Baumstamm. Obwohl wir dicht zusammenrücken, wird mir immer kälter. Bald fühlen sich meine Füße an wie Eisklötze.
Nein, denke ich. Es wird zwar nicht *ewig* dauern, bis sie uns gefunden haben, aber wahrscheinlich trotzdem viel zu lange.

to lift sich lichten
forever ewig

Um auf eine rettende Idee zu kommen, mustere ich konzentriert den Nebel um mich herum. Hm ...
Rechts von uns, in einiger Entfernung, erkenne ich ein massives, aufrechtes Gebilde.
"What's that?", murmele ich.
Prompt krampft Maja ihre Hand in meine Schulter. "What?"
"Over there", sage ich und zeige auf das eigenartige Ding. "It can't be a tree, because it doesn't have any branches."
Ich kneife die Augen zusammen, um es besser erken-

nen zu können. "It looks more like a kind of standing stone."

ancient uralt
impressive beeindruckend
charger Streitross
... is haunted es spukt in ...
particularly besonders
apparently anscheinend
soul Seele
priest Priester
battle Schlacht
elf (*pl.* elves) Elfe
gnome Gnom

"You're right", stimmt Maja mir zu. "I think there are quite a few of them on Dartmoor. Maybe this is one of the **ancient** stone circles Mrs Natriball was talking about."

Ich nicke nur. Diese *standing stones* üben eine kribbelnde Faszination auf mich aus, trotz meiner Erschöpfung und der Kälte, trotz des schmerzhaften Ziehens in meinem Knöchel.

"They're **impressive**, aren't they?", frage ich. "Just think: they've been standing here for thousands of years. Nobody even knows why people put them there."

"Don't you remember what Mrs Natriball told us?" Majas Stimme klingt ganz dünn.

"What do you mean?"

Sie runzelt die Stirn. "You probably weren't listening, because you were dreaming of ... of your knight on his white **charger**."

"You're probably right", meine ich. "So what did she say?"

"She told us that Dartmoor **was haunted**." Majas Stimme ist nur noch ein heiseres Flüstern. "These old stone circles are **particularly** famous for it. **Apparently** they're haunted by all kinds of ghosts – the **souls** of Celtic **priests**, for example, or warriors killed in **battle**. There are **elves** and **gnomes** on Dartmoor

too. The story goes that hands sometimes **reach up** out of the earth to grab **innocent** people and pull them down ..."
Schlagartig verstummt sie.
Alarmiert schaue ich sie an. Mit offenem Mund und riesengroßen Augen starrt sie wie gebannt zu dem unheimlichen Steinkreis hinüber.
"Hey, what's the matter?" Vorsichtig stoße ich sie mit dem Ellenbogen an.
"Th... there." Mehr bringt sie nicht heraus. Stattdessen zeigt sie mit zitternder Hand auf den Steinkreis.
Ich kneife wieder die Augen zusammen. "Yes. There's ... there's something moving", stottere ich. Jetzt wird mir aber auch mulmig.
"Maybe it's an animal", sagt Maja.
Da! Wieder eine Bewegung!
"**Whatever** it is, it's too big for an animal, even a deer or a Dartmoor pony", wispere ich. "And I don't think that there are any bears here. **Fortunately**."
Das *Etwas* löst sich aus dem Schatten der Steine.
Maja packt mich so fest am Arm, dass es wehtut. "It looks a bit like a **human being**!"
Sie hat recht.
Es kommt langsam, sehr langsam auf uns zu. In dem wabernden Nebel wirken die Bewegungen fremdartig fließend, fast sieht es so aus, als würde es schweben ...
"Maja, calm down! Ghosts don't **exist**."
"Maybe they do", widerspricht sie mir. "And escaped

to reach up herauslangen
innocent unschuldig
whatever egal was
fortunately zum Glück
human being Mensch
to exist existieren

prisoners certainly do." Sie schluckt. "Did Mrs Natriball say how far we were from Dartmoor prison?"
Es ist jetzt schon recht nahe bei uns. In dem Nebel wirkt es muskulös und furchteinflößend.
Maja springt auf und will weglaufen, doch da rennt *Es* auch los und stößt einen gellenden Schrei aus: "Maja!" Unheimlich hallt sein Ruf durch das Grau.
Mitten in der Bewegung hält meine Freundin inne und haucht fassungslos: "Harald!"
Da ist er schon bei uns. Er nimmt die völlig überraschte Maja in seine Arme und drückt sie an sich.
"Thank God, I've found you at last!", nuschelt er.
Ich hocke daneben, perplex und unglaublich erleichtert, und beobachte, wie Maja sich fest, ganz fest an ihn klammert.

to let sb do sth jdm erlauben, etw zu tun
to forbid (forbade, forbidden) verbieten
to search for sb nach jdm suchen

"Hey, I'm here too!", sage ich nach einer Weile. Dabei winke ich schwach mit einer Hand.
Ihre Köpfe fahren hoch.
"Er … Anna-Lena, good to see you." Harald grinst verlegen und wird dunkelrot im Gesicht.
"Oh Harald, how did you find us?", fragt ihn Maja, die immer noch in seinen Armen liegt.
"I decided to leave the group to come and find you", erklärt er achselzuckend.
"Really? And your father **let** you?", frage ich ungläubig.
"Of course he didn't", gibt er zu. "He absolutely **forbade** me to go. And Mrs Natriball said we should only **search for** you after the fog had lifted."

Er reckt sich, Entschlossenheit im Gesicht. "But I told them that Maja was the sweetest girl I'd ever met, and that I'd rather sink into a **bog** than leave her lost and alone **in the middle of nowhere**. Er ... I mean, leave the two of you alone together, of course. And then I ran away as fast as I could. I only stopped when I was absolutely sure **I'd shaken off** the others."
"**Hang on** – you told your father, in front of the whole group, that Maja was the sweetest girl you've ever met? **Did** I **get** that **right**?", frage ich nach.
"You said that while all the other girls were listening?", meint Maja beeindruckt.
"Yes, I did", bestätigt Harald und wird noch ein bisschen dunkelroter. "They all heard me."
"This is **incredible**", sage ich. "Ten minutes ago, Maja was still convinced that you were interested in *me*."
Als er mich schuldbewusst ansieht, beeile ich mich, ganz schnell hinzuzufügen: "No, no, I'm glad she was wrong, honestly!"
Harald nickt erleichtert. "What was I supposed to do? You know, on the plane from **Iceland** to London my father had a very serious **talk** with me. He told me that I was an **officially appointed** trainer, and **there was** absolutely **no way** I could **get involved with** one of the girls."
Sanft streichelt er Maja über die

bog Sumpfloch
in the middle of nowhere mitten im Nichts
to shake sb off jdn abhängen
Hang on. Warte mal.
to get sth right etw richtig verstehen
incredible unglaublich
Iceland Island
talk Gespräch
officially offiziell
appointed eingestellt
there is no way ... es ist unmöglich, dass ...
to get involved with sb sich mit jdm einlassen

Haare, bevor er fortfährt: "And I completely agreed with him. In fact, I still think he was right. But how was I to know that the minute I arrived at the hotel I would see the most beautiful girl in the world smiling at me from an upstairs window?"

Er gibt ihr einen zärtlichen Kuss auf die Stirn. "Oh Maja, I couldn't help trying to get close to you all the time. But I wanted to keep my promise to my father, so I hung around Anna-Lena, because she was always with you."

Maja sagt nichts, sondern drückt nur ihren Kopf an seine Schulter.

Time Out

Immer noch sitze ich frierend da und beobachte die rührende Szene absoluter Seligkeit, die sich vor meinen Augen abspielt.

Als die beiden sich endlich aus ihrer Umarmung lösen, bittet uns Harald: “I’m going to call my father and tell him that I’ve found you. He’s probably **beside himself with worry**.”

Er kramt sein Handy aus der Anoraktasche und drückt ein paar Tasten.

“Let’s hope we’re not still in the dead zone”, flüstert Maja, die zu mir herübergekommen ist.

Doch da sagt Harald zu unserer großen Erleichterung: “Hi, Dad!”

Weiter kommt er nicht. Aus dem Handy tönt ihm ein Schwall wütender Worte entgegen, so laut, dass wir jede Silbe hören.

“What did he say?”, fragt mich Maja verschreckt.

“No idea”, antworte ich. “I’m guessing he**’s swearing** in Icelandic.”

Aber Harald lässt sich so leicht nicht beeindrucken. Als sein Vater endlich einmal Luft holt, erklärt er mit fester Stimme: “Dad, I’ve found them.”

Am anderen Ende der Leitung herrscht verdutzte Stille.

Darum fährt Harald mit ruhiger Stimme fort: “We’re in a valley, beside a bridge over a stream that’s fallen

time out Auszeit
beside oneself with sth außer sich vor etw
worry Sorge
to swear (swore, sworn) fluchen

down in the middle. It's made of **flat** grey stones, and there's a stone circle nearby. Please would you tell Mrs Natriball where we are?"
Er wartet eine Weile ab. "Okay, we'll do that."
Triumphierend sieht er uns an. "Everything's all right. My dad has calmed down, at least for the moment. And Mrs Natriball knows where we are. We're not even that far away from the group. She thinks that even in the fog she can guide us from **landmark** to landmark until we've found our way back. First we have to walk to the stone circle ..."

flat flach
landmark Orientierungspunkt

Er nimmt Maja bei der Hand und will losmarschieren.
"Wait!", ruft Maja. "Anna-Lena's sprained her ankle."
"Oh no! Poor thing", sagt Harald erschrocken.
Er drückt Maja sein Handy in die Hand und schiebt mir seinen Arm unter die Achseln, um mich zu stützen. Mit seiner rechten hält er Maja an der Hand, fast so, als wäre sie ein kleines Mädchen, das sich jeden Moment losreißen, davonrennen und im Nebel verschwinden könnte.
Quälend langsam gehen wir bis zu dem Steinkreis. Maja hält die ganze Zeit über das Handy an ihr Ohr.
"Okay, we're there", sagt sie, dann lauscht sie konzentriert.
Nach einer Weile meint sie: "All right, I can see it."
Sie wendet sich wieder uns zu. "Can you see the dead tree over there, and the stone cross beside it?"
Wir nicken beide.
"Okay", sagt sie. "That's where we have to go next."
Mrs Natriball leitet uns weiter zu einem großen, einzeln

stehenden Felsen, danach zu einer Ansammlung von Ginsterbüschen und schließlich einen Hügel hinauf.
Weil wir langsam gehen und Harald mich stützt, halten sich die Schmerzen in meinem Knöchel in Grenzen. Irgendwie gestaltet sich der Weg sogar ganz unterhaltsam, denn Maja und Harald werfen sich die ganze Zeit über verliebte Blicke zu, die ich mit heimlichem Grinsen beobachte.
Hach, muss Liebe schön sein!
Na ja, zumindest, wenn sie erwidert wird ...
Prompt muss ich wieder an Arthur denken: an seine warme, freundliche Stimme, seine leuchtend blauen Augen und daran, wie toll er aussah, als er mir auf seinem Pferd entgegengeritten kam.
"Is your ankle hurting a lot, Anna-Lena?" Haralds Stimme klingt besorgt.
"Er ... no, why?" Verwirrt sehe ich ihn an.
"You're walking more slowly, and you suddenly looked sad", sagt er.
"Don't worry!", beruhige ich ihn und bemühe mich, wieder etwas schneller zu gehen.
Trotzdem hab ich das Gefühl, als dauerte es eine Ewigkeit, bis wir einen schmalen Bach überqueren, an einer Hütte vorbeigehen und dann endlich, endlich im Nebel die Silhouette unserer Gruppe erkennen.
Aus ihrer Mitte ertönt ein Freudenschrei, dann rennen uns unsere Freundinnen entgegen.
"Thank God, you're back at last!", jubelt Maria Leticia und fällt mir um den Hals.
"I was afraid I'd never see you again", ruft Birte. "And

when Harald disappeared into the fog as well, I thought we **were done for**."

to be done for erledigt sein
upset aufgebracht
relieved erleichtert
to keep up with sb mit jdm Schritt halten
at the back hinten
white lie Notlüge

Bei ihren letzten Worten ist ihre Stimme leiser geworden. Bestimmt weil gerade Haralds Vater in Begleitung der anderen Trainer auf uns zusteuert.

"Sigurd's got a funny expression on his face", wispert Maja. "He looks very **upset** and very **relieved** at the same time."

"Why didn't you **keep up with** us?", knurrt er uns an, ohne auch nur "hello" zu sagen.

Oh je! Was sollen wir ihm jetzt bloß antworten? Sollen wir etwa die Wahrheit sagen? Dass wir uns wie dumme Gänse verquatscht haben? Das wäre doch oberpeinlich!

Doch Harald rettet uns: "Maja and Anna-Lena were **at the back** of the group, then Anna-Lena slipped and sprained her ankle."

"Hey, was that a **white lie** or didn't Harald really understand what happened?", wispert mir Maja zu.

"No idea", flüstere ich zurück.

"Why didn't you phone us at once?", fragt Danielle.

"Well, at first we thought we'd catch up with you in a minute or two", flunkert Maja. "When we realized we wouldn't, we shouted as loud as we could. But I suppose you were too far away then to hear us."

"After that, we did try to phone you, but ..." Oh Mann, ist das peinlich! Ich spüre, dass ich rot im Gesicht werde. "Well, my mobile was gone. I think it must have

fallen out of my pocket." Endlich kann ich mal wieder die Wahrheit sagen.
Zu meinem Erstaunen zeigt Danielle sogar ein gewisses Verständnis. "It probably happened when you **fell over**."
Ich nicke heftig, obwohl sie völlig falsch liegt. "Well, then Maja tried to phone you, but **unfortunately** we were in a dead zone. And when she tried again a bit later, her mobile fell onto a stone and broke."
"Oh no", meint Danielle. "What bad luck!"
Bei ihren Worten fange ich an, unruhig hin und her zu wippen. Meine Kleider sind immer noch nicht trocken, und jetzt, wo wir seit einer Weile stillstehen, fange ich wieder an zu frieren.

to fall over runterfallen
unfortunately unglücklicherweise
to dare wagen
Well done! Gut gemacht!
support Unterstützung
to matter zählen
to be freezing frieren

"That's what happened", erklärt Maja. "We didn't know what to do then – we were really scared! And Anna-Lena was soaking wet and terribly cold. If Harald hadn't found us ... Oh, I **dare**n't even think about it!"
"**Well done!** I hope that'll help poor Harald. He's going to need all the **support** he can get!", wispere ich ihr zu.
"Well, I think I've probably helped a little", antwortet sie leise.
"Anyway, you're with us now. That's all that **matters**", sagt Maria Leticia laut, wobei ihre Stimme ein wenig zittert. "We were terribly worried, we really were!"
Und Birte meint: "My God, Anna-Lena, you must **be**

to have a look at sth
sich (etw) ansehen

freezing. Take my anorak!" Schnell hängt sie ihn mir über die Schulter.
"Thank you", murmele ich.
"You've sprained your ankle?", fragt Haralds Vater besorgt. "Sit down over here and let me **have a look**."
"Trust him! He knows what to do", ermuntert mich Harald.
Aber sein Vater wirft ihm einen wütenden Blick zu und zischt: "We'll talk later!"
"Poor Harald! His father sounds really angry with him. And he did it all for me", meint Maja besorgt.

"Hey, Anna-Lena! No need to look so miserable. Sigurd told me your foot isn't too bad. Come on, give us a smile!", tröstet mich Mr Walker.
Es ist Montagmorgen, und der Hausmeister kehrt die Hotelterrasse. Ich hocke schlecht gelaunt auf der Wiese in der strahlenden Sonne und nippe an einer Flasche Limo. Der Rest unserer Truppe hat sich zu einem Langstreckenlauf verabschiedet.
Der Weg zurück zu unserem Bus gestern dauerte noch ziemlich lange. Das lag natürlich daran, dass ich mit meinem schmerzenden Fuß nicht so schnell gehen konnte wie die anderen.
Und was war das Erste, was ich im Bus gefunden habe? Mein Handy! Es lag tatsächlich auf meinem Sitzplatz. Ganz schnell habe ich es in meine Hosentasche gesteckt, damit es bloß niemand sieht.
Tja, und kaum kamen wir zu Hause an, hat Sigurd auch schon seinen Sohn aufs Zimmer kommandiert.
"He **was telling** him **off** so loudly that I could hear every word he said. I was standing under the window", erzählte mir Maja, die heimlich gelauscht hatte. "I didn't understand a word, though, because they were talking in Icelandic. But ..."

to tell sb off jdn ausschimpfen
to persuade überzeugen
truly aufrichtig
to forgive (forgave, forgiven) vergeben

Da begannen ihre Augen glücklich zu leuchten. "Somehow Harald managed to **persuade** his father that he's really, **truly** in love with me. And – guess what! – in the end, Sigurd **forgave** him."
"Really?" Ich konnte es kaum glauben.
"Yes, he did", bestätigte sie mir strahlend. "He says he

doesn't **object to** Harald and me being together. We just have to be **discreet** when other people are around, because Harald is still our trainer, after all."
"Wow, you lucky thing!", antwortete ich und nahm sie in den Arm.
"You can say that again", murmelte sie und drückte mich ein bisschen.
Ganz ehrlich, ich gönne Maja ihre Liebe von ganzem Herzen. Doch ob ich will oder nicht: Es frustriert mich auch, dass sie so happy ist.
Ach, wenn ich dieses Glück doch auch mit Arthur hätte – oder wenn ich ihm bloß nie begegnet wäre!
Und jetzt kann ich mir meinen Frust noch nicht mal von der Seele rennen, sondern hocke hier tatenlos auf dem Rasen.
"Or have I got it all wrong?", hakt Mr Walker nach.

to object to sth gegen etw Einwände erheben
discreet diskret
to rest schonen
precious kostbar
depressing deprimierend

Erschrocken falle ich aus den trüben Wolken meiner Gedanken. Bestimmt hab ich schon seit einer halben Ewigkeit nichts mehr gesagt.
"No, you haven't", erkläre ich schnell. "Sigurd just told me that I have to **rest** my ankle for two days. I'll probably be allowed to start my training again on Wednesday, if I'm careful, of course. But ..."
Frustriert breite ich beide Arme aus. "I came here to play handball. We only have nine days; every single day is **precious**! And I'm not even allowed to go to the beach with the others this afternoon! That's pretty **depressing**, isn't it?"

Aber das ist nur ein Teil der Wahrheit. Die andere ist, dass ich die halbe Nacht nicht geschlafen habe und immer noch todmüde bin.
Das liegt garantiert nicht nur an meiner lächerlichen, blöden Verliebtheit in diesen Arthur. Wahrscheinlich war ich einfach noch so aufgeregt von unserem Abenteuer im Dartmoor, dass ich nicht zur Ruhe kommen konnte.
"Come on, don't take it too seriously", tröstet mich Mr Walker. "These things happen **for a reason**."
Ich muss ihn zweifelnd ansehen, denn er fährt fort: "I'm over sixty, so I think I can say I know a bit about life. If something happens to me that isn't what I was expecting and doesn't suit my plans, nowadays I just think: who knows? Maybe it's good for something."
"Yes, well", knurre ich, allerdings so leise, dass er es bestimmt nicht hören kann. "I'm sure it's good for something that I'm sitting here all on my own with a sprained ankle."
Von der Pferdeweide her ertönt ein lautes Wiehern. Ich hebe den Kopf und ...
"**Unbelievable**!", murmele ich entgeistert.
Da steht das weiße Pferd, wenige hundert Meter von uns entfernt. Und auf seinem Rücken sitzt Arthur.
Mein Herz schlägt einen dreifachen Purzelbaum und beginnt wie wild zu klopfen.
"Hello!", ruft der Hausmeister und winkt Arthur fröhlich zu.
Der winkt zurück, treibt sein Pferd zu einem langsamen Schritt an und kommt zu uns herüber.

for a reason
nicht ohne Grund
unbelievable
unglaublich

"Until a few years ago I sometimes helped his parents out on their farm", erklärt mir Mr Walker. "The Montescues are very nice people. They're also fantastic **riders**. Arthur's mother was British Ladies' **Eventing Champion** several times. And her husband won the bronze **medal** at the Olympic Games in nineteen eighty –" Mitten im Satz hält er inne.

Nun erst fällt mir auf, dass ich einfach aufgestanden und ein paar Schritte in Richtung Zaun gehumpelt bin. Anna-Lena, nimm dich zusammen, sonst merkt dir Mr Walker am Ende noch was an!, ermahne ich mich und drehe mich zu ihm um.

"His father won the Olympic bronze medal for what?", frage ich nach.

rider Reiter(in)
eventing Vielseitigkeits-
champion Meister(in)
medal Medaille
show jumping Springreiten
to inherit erben
sporty sportlich
to compete sich messen

"**Show jumping**", sagt er, kommt zu mir herüber und fügt hinzu: "Anyway, their son **has inherited** their talent. He's won a lot of showjumping competitions already; he's even a member of the British Young Riders' Team. Arthur's as **sporty** as you are, I'd say. He**'s** just **competing** in a different arena."

Oha, Arthur ist ja schon ganz nahe bei uns!

Schlagartig hab ich alles andere vergessen.

"Hello", begrüßt er uns, dann runzelt er die Stirn. "What are you doing here, Anna-Lena? I thought you'd be with the others, practising."

Er lässt seinen Schimmel an dem Holzzaun anhalten, der unsere Wiese von den Feldern und Weiden trennt.

"Aha. I see that you already know each other", bemerkt Mr Walker trocken.
Also, die Sache wird mir langsam peinlich! Kann der gute Mann sich nicht endlich verdrücken? Vielleicht könnte ja drinnen das Telefon klingeln, oder jemand könnte nach ihm rufen, oder ...
Ich bemühe mich, cool zu bleiben, und erkläre Arthur: "I sprained my ankle yesterday. Fortunately it's not too bad. I can probably start training again the day after tomorrow."
Vorsichtig gehe ich die letzten paar Schritte bis zum Zaun.
Arthur gleitet aus dem Sattel, geschickt und kraftvoll, wie ein echter Ritter.
Mein Herz wird plötzlich ganz weich, und meine Knie werden es auch. Gut, dass ich mich gegen den Holzzaun lehnen kann!

to death zu Tode

"That was bad luck", meint Arthur mitfühlend. "After all, you've come here to play handball. You don't want to be sitting here alone, do you? I expect you're bored **to death**."
"Of course I am", seufze ich.
Da stehen wir beide und sehen uns an, vielleicht einige Sekunden, vielleicht eine Minute ... jedenfalls eine halbe Ewigkeit.
Mr Walkers lautes "Ahem" jagt uns einen ziemlichen Schrecken ein.
"Your ... your horse is really beautiful", sage ich, um überhaupt irgendetwas zu sagen.
Arthur strahlt. "Thank you very much. Silver Lion has a great character. I'm very lucky to have him."

"Why don't you tell her that you won the silver medal with him in the show jumping competition at the British National Young Riders' **Championship**?", ergänzt Mr Walker.

Etwas verlegen tätschelt er seinem Pferd den Hals. "Well, er ... yes, that's right."

"Wow!", rufe ich aus. "That's great!"

"Ah, but you handball players are very good, too", sagt Arthur, und in seiner Stimme schwingt so etwas wie echte Bewunderung mit. "I saw you training last Saturday. You looked impressive, you really did! It was unbelievable, the way your teammates threw the balls. And the goals you **saved**! You're a fantastic goalkeeper! I've never seen anyone play like that before, I really haven't. Well – but very few people actually play handball here in Britain."

"Being a show jumping champion is pretty **amazing**, though", sage ich. "I love riding as well. I'm allowed to ride my neighbour's horses, but I'm nothing like as good as you are."

"You ride, too?", fragt Arthur verblüfft und versucht, mir direkt in die Augen zu schauen.

"Well, then!", brummt Mr Walker hinter uns.

Huch, ist der etwa immer noch da?

"Arthur, why don't you show Anna-Lena your farm?", meint er. "The poor girl's going to die of **boredom** if she doesn't have anything to do."

He, das ist ja eine supertolle Idee!

Ich strahle Mr Walker an. Auf einmal bin ich richtig froh, dass er noch nicht weggegangen ist.

championship Meisterschaft
to save *hier:* halten
amazing erstaunlich
boredom Langeweile

Arthur lächelt auch. “Yeah, good idea. I’d like to. Er … if it’s allowed, of course.”
Unser Hausmeister zuckt die Achseln. “I should think so. Besides …” Er wirft einen Blick auf seine Uhr. “As far as I know, her teammates won’t be back before lunch. If Anna-Lena is a bit late, I’ll tell the coaches where she is and that I said she could go with you.”
“Thank you very much!”, sage ich.

I’d love to. Das würde ich sehr gern machen.

“Would you like to ride with me to the farm?”, fragt mich Arthur. “I mean … I know that you’ve sprained your ankle, but …”
“On Silver Lion? **I’d love to**”, erkläre ich und klettere zwischen den Balken des Zaunes hindurch.
Arthur nimmt sein Pferd mit einer Hand am Zügel, gleichzeitig hält er mir mit der anderen galant den Steigbügel. Zum Glück passt mir sein Helm wie angegossen. Ich schwinge mich in den Sattel, und los geht’s. Kurz bevor wir in dem Wäldchen verschwinden, schaue ich mich noch einmal um.
Mr Walker steht immer noch am Zaun und schaut uns hinterher.
Glücklich winke ich ihm zu.
Dann ist da nichts mehr außer Arthur und mir und dem schönen weißen Pferd, dessen kräftiger Rücken im Takt seiner Schritte schwingt, dessen silbrige Mähne in der leichten Meeresbrise weht und über meine Hände streichelt; nichts außer der warmen Sonne, den im Wind schwingenden Ästen der Bäume, den mit Sommerblumen übersäten Wiesen und dem glitzernden blauen Band des Meeres.

Mit geschmeidigen Schritten geht Arthur vor mir her, locker hält er seinen Silver Lion am Zügel.
Oh Mann, denke ich beeindruckt. Ich sitze tatsächlich auf dem Rücken eines Pferdes, das mit seinem Reiter britischer Vizemeister im Springreiten geworden ist. Und wie durchtrainiert Arthur wirkt! Jetzt wendet er mir sein Gesicht zu und lächelt mich an; seine blauen Augen leuchten. Für einen Moment komme ich mir vor wie eine Prinzessin, die von ihrem Prinzen auf seinem prachtvollen Ross zum Schloss geführt wird.
Das kann doch alles gar nicht wahr sein! Hach, ich fühle mich wie in einem wunderbaren Traum!
"What **breed** are your neighbours' horses?", fragt er mich.
"There's a Haflinger and a Norwegian Fjord, an Arab and a **thoroughbred**."
Er nickt. "Are you allowed to ride all of them?"
"Oh yes", bestätige ich. "But I only have time to ride once a week. Maybe twice, if I don't have a handball match at the weekend, but that doesn't happen often."

breed Rasse
thoroughbred Vollblüter
nerve Nerv
steel Stahl
to gallop galoppieren

Er nickt wieder. "It's good to be able to ride horses of different breeds. You learn to deal with their different characters and abilities."
"You're right. My favourite is Almrose, the Haflinger. She's got **nerves** of **steel**, but she**'ll gallop** like mad if you let her. And she's very beautiful."
"She sounds great", meint Arthur. "I've never ridden a Haflinger. You don't see them often here in Britain."

Wir biegen jetzt um eine Kurve.
"Look over there", sagt Arthur. "That's our farm."
Vor uns, inmitten von grünen Wiesen, liegt ein großes Farmhaus.
"Oh!", mache ich beeindruckt. "It looks like a **mansion**."
"I suppose it does a bit", meint Arthur. "I'd say it was a normal British **country house** on a **medium-sized** farm." Nun stiehlt sich ein gewisser Stolz in seine Stimme. "It's been in my family for generations."
"It sounds as if your family **has been farming** here since the time of King Arthur." Der Satz ist mir entfahren, bevor ich richtig darüber nachdenken konnte.
Er lächelt. "Probably not quite that long. If we'd been here that long ago, we'd certainly have been **dispossessed** at some time or other; under the Saxons, for example – the ones King Arthur was said to have fought – or under the Normans, who came here from France in the eleventh century and conquered the country."
"You know a lot about British history", bemerke ich anerkennend.
"Only what we learned at school", sagt er.
Wir sind an dem großen runden Tor der Farm angekommen, und ich recke neugierig den Hals.
"Those are our five **brood mares** and their **foals** in the paddock on the right", erklärt er. "The big building on

mansion Herrenhaus
country house Landhaus
medium-sized mittelgroß
to farm Landwirtschaft betreiben
dispossessed enteignet
brood mare Zuchtstute
foal Fohle

the left is our **indoor riding arena**. Behind it is our **show jumping course**. And the man leading the **chestnut** stallion across the **courtyard** is my father, Owen Montescue."
Nun hat uns der Mann gesehen. Ein bisschen verdutzt sieht er zu mir herüber, dann winkt er uns kurz zu und führt das Pferd in den Stall.
Als er wieder aus dem Gebäude kommt, haben wir gerade mitten auf dem Hof angehalten.
So unauffällig wie möglich mustere ich den vornehm wirkenden Mann mit den kurzen grauen Haaren und den blauen Augen, der mit schnellen Schritten auf uns zugeht.
"I think you **take after** your father", bemerke ich leise. "You've got the same blue eyes."
"That's what a lot of people say."
"Hello", sagt Mr Montescue. Er bleibt neben uns stehen und wirft mir einen ebenso freundlichen wie interessierten Blick zu. "Who's this lovely young lady?"
Oh Mann, muss ich denn sofort wieder rot werden?
"This is Anna-Lena", sagt Arthur. "She's one of the handball players at the sports hotel near Twinkie's and Wizard's paddock."
Sein Vater nickt anerkennend. "I read an article about you in our local newspaper. And I was watching you training a few days ago. I saw you all jumping and throwing the ball really hard into the goal. It looked great!"
"They were probably doing jump shots", kläre ich ihn auf.

indoor riding arena Reithalle
show-jumping course Parcours
chestnut Fuchs
courtyard Hof
to take after sb ganz nach jdm kommen

"Anna-Lena's a goalkeeper", bemerkt Arthur.
Dass er das behalten hat! Ich bemühe mich, ein nicht allzu erstauntes Gesicht zu machen, und ergänze: "That's right. But I can do jump shots, too."
Owen Montescue wirft mir einen beeindruckten Blick zu.
"Unfortunately, she can't do any at the moment", sagt Arthur. "She sprained her ankle yesterday."
"Oh, that's **a shame**", bedauert Mr Owen Montescue.
"Yes, it is", fährt sein Sohn fort. "She was bored to death, and she rides as well, so Mr Walker suggested that I bring her here to see our farm and the horses."
"Good idea", meint sein Vater lächelnd.
Silver Lion, dem es offenbar langweilig wird, stampft ungeduldig mit einem Vorderhuf auf.
"All right, my friend. I'll take you to your paddock", beruhigt ihn Arthur und streichelt ihm über den Hals.
Unaufgefordert gleite ich aus dem Sattel.
"Thank you for bringing me here", sage ich und drücke meinen Kopf in seine silberweiße Mähne. "You were very gentle and **patient**."
Gemeinsam satteln Arthur und ich den Wallach ab und bringen ihn auf die Weide.
"Okay", meint Arthur und schenkt mir ein geradezu umwerfendes Lächeln. "I'll show you the farm now, if you like."
"Great! I thought this was going to be a really boring day, but it's not turning out that way at all."

a shame schade
patient geduldig
to turn out sich herausstellen

Losing the Ball

"And Arthur showed me the horses", erzähle ich Twinkie.

Es ist Montagabend, die anderen sind am Strand, und ich stehe mal wieder an der Weide. Während das Pony seine Apfelstücke kaut, erzähle ich ihm, was ich mit Arthur alles erlebt habe. Dabei beobachte ich erfreut, dass der sonst so zurückhaltende Black Wizard sich langsam und vorsichtig, aber mit gespitzten Ohren, näher und näher an mich herangrast.

considerate
rücksichtsvoll

"Your friends have so many horses. And the foals are so cute! There are five this year. Arthur thinks that some of them will be very good showjumpers."

Genüsslich kauend sieht mich Twinkie an.

"And the stallion's wonderful, he really is", fahre ich fort. "When I first saw him, he was standing in the paddock. He looked so proud and handsome! He's the father of all the foals." Ich zucke die Achseln. "But I suppose you know all this already."

Auffordernd stößt mich das Pony mit seiner weichen Schnauze an. Ich greife in meine Plastiktüte und hole das letzte Stück Apfel heraus.

"You're lucky to belong to the Montescue family", sage ich, während es vorsichtig sein Leckerli von meiner ausgestreckten Hand nimmt. "I really like Arthur, you know. He's so friendly and **considerate** – he's a real

gentleman. Do you know, he even held open the paddock gate for me!"
Mit leicht schief gelegtem Kopf sieht Twinkie mich an. Bestimmt denkt er gerade: "Oh! You sound as if you've fallen in love with him, you really do."
"Is it that obvious?", frage ich erschrocken.
Na gut, er wird es ja niemandem weitererzählen …
Also fahre ich fort: "Anyway, after a **while** he asked me if I'd like to come into the house for a cup of tea."
Ich strahle ihn an. "Of course I said yes. I wanted to stay with him for as long as **possible**, and I didn't care that I'd probably be late for lunch."
Twinkies Ohren spielen hin und her, dann nuschelt er fordernd mit seinen weichen Lippen an meiner Hand herum.
Nun muss ich doch grinsen. "You can't imagine ever **skipping** lunch, can you? But I'm afraid that's all you're getting – there's no more apple."
Zum Beweis schüttele ich die leere Tüte. Twinkie schnuppert daran und schnaubt frustriert.
"Sorry, my friend", meine ich lachend.
Wieder muss ich grinsen, weil Twinkie sein Kinn auf den Zaun legt und mich hoffnungsvoll anblickt.
"Of course I'll stroke you", sage ich und beginne, ihn zwischen den Ohren zu kraulen. "Well, Arthur made a **pot** of tea, and we sat and chatted in the kitchen, and then he and his dad drove me back to the hotel in the Landrover. I was even back **in time** for lunch. We saw

while Weile
possible möglich
to skip auslassen
pot Kanne
in time rechtzeitig

the other girls coming over the hill as we drove up to the gates."

Ich stoße einen sehnsuchtsvollen Seufzer aus. "Oh, Twinkie! Arthur's wonderful, he really is!" Verträumt lege ich dem Pony meine Arme um den Hals. "I felt as if I was walking on clouds as I came into the dining room", seufze ich. "Honestly, I've never felt so happy, not even when my team became the regional handball champions, or even when I was invited to take part in this camp. Oh Twinkie, today is the best day of my life!"

Ich lasse das Pony los, und es sieht mich wieder mit einem sehr eigenartigen Blick an.

"But you've got a sprained ankle", scheint es mich zu erinnern.

to feel sorry for oneself sich selbst bemitleiden

"True", gebe ich zu. "Just think: this morning, when I was sitting on the grass **feeling sorry for myself**, Mr Walker told me that things always happen for a reason. Now I know he was absolutely right."

"Anna-Lena, please stop **tossing and turning**!", zischt mir Maja von der oberen Etage unseres Stockbettes aus zu.
"Sorry", flüstere ich betreten.
Es ist schon nach elf Uhr. Na, wenigstens Maria Leticia schlummert tief und fest! Und Birte schnarcht sogar leise …
"I just can't sleep", sage ich. "But I'll be quiet now, okay?"
"All right", erklärt sie nachsichtig. "I just wish you'd tell me what's wrong. Okay, Sigurd says that you can't take part in the training tomorrow. But your ankle is much better, and it's only one more day. Is that really so bad?"
Ich höre, dass sie sich zurück in ihre Kissen kuschelt, drehe mich zur Seite und nehme mir fest vor, von nun an wirklich ganz still liegen zu bleiben.
Aber ich kann machen, was ich will, ich komme einfach nicht zur Ruhe.
"That's not the reason why I can't sleep", flüstere ich nach ein paar langen Minuten.
"Arthur?", murmelt Maja verschlafen.
Sie ist natürlich die Einzige, der ich von meinem Treffen mit ihm erzählt habe.
Ach, ich brauche nur meine Augen zu schließen, und schon sehe ich ihn wieder vor mir, schon versinke ich geradezu in seinen leuchtend blauen Augen …
"Do you think I'll see him tomorrow?", seufze ich sehnsuchtsvoll.
"Did you make a date with him?"

to toss and turn sich hin- und herwälzen

"Er ... no, I didn't." Oh Mann, warum habe ich daran gar nicht gedacht?
Ich war offenbar derartig im siebten Himmel, dass ich alles vergessen habe.
"You **twit**", bemerkt Maja denn auch folgerichtig.
"I am, I am", stöhne ich leise. "Oh God – how on earth will I get through a whole day without my handball training, and without him?"
Frustriert wälze ich mich auf meine rechte Seite und starre an die langweilig weiß getünchte Zimmerwand.
"I've no idea", brummelt Maja müde.

twit Dussel
to pass by sth an etw vorbeigehen
by chance zufällig

"You're lucky!", knurre ich, eher zu mir als zu ihr. "Harald is *your* Harald now, everything's fine."
Sie gibt mir keine Antwort, und nach einer Weile kann ich von oben tiefe Atemzüge hören.
"But what can I do?", flüstere ich trotzdem in die dunkle Stille hinein. "Shall I sit on the grass all day waiting for him, like a princess waiting for her prince to rescue her? No, thank you!"
Ruhelos wälze ich mich auf den Rücken.
Und dann kommt mir so plötzlich eine Idee, dass ich hochfahre und fast mit dem Kopf an Majas Bett geknallt wäre.
"Of course!", wispere ich. "I'll go for a little walk. I'**ll pass by** the Montescues' farm, just **by chance**, of course, and then ..."
Vorsichtig und ganz leise lasse ich mich auf mein Kissen zurückgleiten und schließe die Augen.
"Then I'll meet him again, I'm sure I will", murmele ich glücklich. "He'll smile at me, he'll walk up to me ..."

Nun sinke ich allmählich in den Schlaf. Und in meinen Träumen nimmt mich Arthur in seine starken Arme und gibt mir einen endlos langen, zärtlichen Kuss.

"Anna-Lena, do you have any idea where my left **gym shoe** is?" Majas verzweifelte Stimme dringt bis zu mir ins Badezimmer.
Schnell wickele ich mich, nass wie ich bin, in ein Handtuch, und schaue ins Zimmer.
Maja liegt vor mir auf dem Boden und lugt unter die Betten.

gym shoe Turnschuh
among unter

"You're getting too upset", beruhige ich sie. "Calm down!"
Eigentlich ist ihr aufgelöster Zustand gar kein Wunder. Sie sucht und sucht und sucht nach diesem blöden Schuh, seit ich im Bad verschwunden bin, seit mindestens einer Viertelstunde also. Zu allem Unglück sind diese Turnschuhe die einzigen, die sie noch tragen kann. Denn bei dem rechten Schuh ihres zweiten Paares hat sich gestern auf dem Langlauf die Sohle gelöst.
"Maria Leticia and Birte have already left for training", jammert Maja.
Dann springt sie auf, läuft zu ihrem Kleiderschrank und wühlt so heftig in ihren T-Shirts herum, dass eines nach dem anderen auf den Boden fällt.
"You must be desperate", sage ich. "Otherwise you'd never look for your gym shoe **among** your T-shirts."
"I've been looking for it everywhere", beteuert sie und wirft einen kurzen Blick hinaus auf dem Sportplatz. "Oh no! Our teammates have already started!"
Noch einmal sieht sie sich im Zimmer um, dann stößt sie einen tiefen Seufzer aus. "I'll just have to wear the left shoe of the blue pair and the right shoe of the orange ones."

"Have fun", wünsche ich ihr, als sie bald darauf aus dem Zimmer rennt, und schaue ihr mitleidig nach. Wie komisch sie aussieht, mit einem blauen und einem quietschorangen Turnschuh!
Mit gerunzelter Stirn gehe ich ans Fenster und beobachte, wie sie zu unseren Mitspielerinnen stößt.
Oh je, wie gemein ein paar von ihnen grinsen.
Florence macht ein besonders hämisches Gesicht. Böse tuschelt sie mit ihren Zimmernachbarinnen.
Majas Gesicht läuft dunkelrot an, während sie ihrer Trainerin Elzbieta anscheinend erklärt, was passiert ist.
Harald beobachtet die Szene vom Platz nebenan, mit hochgezogenen Augenbrauen.
Die anderen Kreisläuferinnen machen mit ihrem Aufwärmprogramm weiter. Ich räume derweil Majas T-Shirts wieder ein, dann stehe ich vor meinem Kleiderschrank und überlege, was ich nun anziehen soll.
"Warum hab ich mir nur mein Sportzeug eingepackt und nicht wenigstens ein paar schickere Klamotten?", stöhne ich.
Ganz einfach, antworte ich mir in Gedanken. Weil du Dussel geglaubt hast, dass du in diesem Trainingscamp höchstens ein paar in Ehren ergrauten Trainern begegnen würdest!
Nach reiflicher Überlegung ziehe ich mir meine kurzen roten Sportshorts und ein enges weißes T-Shirt an.
Alles klar. Nun heißt es, meinen Plan von heute Nacht in die Tat umzusetzen!
Gut, dass ich weiß, wo Birte ihr Schminkzeug deponiert hat. Das werde ich jetzt heimlich benutzen, bevor

ich mich auf den Weg zur Farm der Montescues mache. Birte hat ja gesagt, dass sie uns ihre Schminke bei Bedarf gerne mal leiht. Muss ich sie jetzt unbedingt noch mal fragen?
Ich finde das Täschchen in ihrer Schublade, schminke mir die Lippen kräftig rot, trage goldene Wimperntusche auf und ziehe meine Lider gründlich mit Kajal nach. Dann lege ich die Sachen wieder ordentlich zurück, genau so, wie ich sie vorgefunden habe.
Noch einmal werfe ich einen Blick auf den Sportplatz. Während die anderen schon mit dem Training angefangen haben, joggt sich Maja gerade warm. Dabei leuchten ihre Schuhe abwechselnd blau und orange, blau und orange ...
Oh je! Das sieht total unmöglich aus. Die Arme! Nein, ich möchte jetzt wirklich nicht in ihrer Haut stecken!

Goodness!
Du meine Güte!
dolled up
aufgedonnert

Vorsichtig, damit mein lädierter Knöchel nicht wieder anfängt zu zwicken, gehe ich die Treppe hinunter und sage kurz Mr Walker Bescheid, dass ich einen Spaziergang machen werde.
Zum Glück dreht er mir gerade den Rücken zu, weil er die Spülmaschine einräumt. Sonst hätte er bestimmt eine Bemerkung zu meinem Make-up gemacht, wie: “**Goodness!** You look like an Egyptian princess. Why on earth are you all **dolled up** like that?”
Er hat sicher keine Ahnung, worauf die Jungs heute stehen.
Endlich kann ich mich auf den Weg zur Montescue-Farm machen. Dabei singe ich leise das Handball-Lied: “Wenn nicht jetzt, wann dann?”

"Twinkie, it was **awful**!", rufe ich meinem vierbeinigen Freund schon von Weitem zu.
Wie immer kommt mir das Pony gleich über die Weide entgegen.
"I went to visit the Montescues", sage ich, noch bevor ich am Zaun angekommen bin. "I put on the nicest clothes I have with me, I even put on makeup! And who for? Arthur, of course. But then ..."
Bei der Erinnerung an das, was ich eben erlebt habe, bleibt mir die Stimme weg und ich muss mich räuspern. "I was walking towards the house, and I saw him outside grooming Silver Lion. He didn't notice me, thank goodness. Because as ... as he was ..."
Ich schlage die Hände vors Gesicht und versuche, das Schluchzen zu unterdrücken, das in meiner Kehle hochsteigt.
"As he **was untying** his horse, this silly blonde **bitch** of a girl came out of the house. She **went up to** him ..."
Wieder muss ich mich räuspern. "She went up to Arthur, she stood beside him and spoke to him. And then she put her arm around his shoulders and ... and she kissed him."
Twinkie schaut mich immer noch an. Irre ich mich, oder spiegelt sich in seinen Augen wirklich so etwas wie Entsetzen? Jedenfalls vergisst er es völlig, mich wegen seiner Apfelstückchen anzustupsen.
"Yes, she did. The stupid cow kissed him again and again, on his **cheeks**,

awful schrecklich
to untie losbinden
bitch Miststück
to go up to sb auf jdn zugehen
cheek Wange

on his **forehead** ... Oh, it was horrible, it was dis... disgusting!" Bei dem Gedanken daran rege ich mich so auf, dass ich erst mal tief Luft holen muss.
"They looked so **intimate**, almost as if they'd been married for years. Oh Twinkie, I can't believe it! Arthur isn't **faithful** to me. He ... he's got ... a girlfriend."

forehead Stirn
intimate vertraut
faithful treu
to nip zwicken
to sulk schmollen

Den letzten Satz hab ich nur noch mit größter Mühe hervorgebracht. Ich lehne mich gegen den Zaun, vergrabe mein Gesicht in meine Arme und fange haltlos an zu weinen.
"Ouch!" Mein Kopf fährt hoch, erschrocken greife ich mir an meinen rechten Arm. "Twinkie, why did you **nip** me? I didn't think you'd ever do something like that!"
Doch das Pony sieht mich gar nicht an, sondern dreht mir sein rundes Hinterteil zu und beginnt zu grasen.
Ich werfe ihm einen ungläubigen Blick zu.
"Hey!", sage ich, krame in meiner Tüte nach einem Apfelstück und halte es ihm hin.
Aber Twinkie würdigt mich weiterhin keines Blickes. Er zuckt nicht einmal mit den Ohren.
"Okay, I know", schimpfe ich. "Stallions have several mares at the same time. So what's my problem? I'm just a stupid human being!"
Twinkie reagiert nicht, obwohl ich ihm immer noch den Apfel hinhalte.
Eine Weile bleibe ich so stehen, nehme den Rest des Apfels aus der Tüte und strecke meinen Arm aus.
Immer noch keine Reaktion.
"Oh, I see – you**'re sulking**, are you? Well, I'm afraid

I'm not a horse, I'm a human being. So I **beg** your **pardon**, my lord, but I'm jealous, and I can't do anything about it", meine ich spitz.
Dann schicke ich mich an, zurück zum Hotel zu gehen. Aber ich halte verdutzt inne, denn vor mir steht der alte Black Wizard, ganz nahe am Zaun, ganz nahe bei mir. Seine dunklen Augen mustern mich aufmerksam.
"Here you are", sage ich, weil mir gerade nichts Besseres einfällt, und halte ihm die Apfelstücke hin.

to beg sb's pardon
jdn um Verzeihung bitten
to appreciate
zu schätzen wissen

Aber er beachtet sie gar nicht. Stattdessen kommt er einen weiteren Schritt auf mich zu und drückt seine weiche Schnauze zärtlich gegen meine Schulter.
Ich bin so verblüfft, dass ich den Apfel ins Gras fallen lasse.
"Hey, old boy. You understand me, don't you?", frage ich ihn leise, lege ihm meine rechte Hand auf die Nüstern und kraule ihn ein bisschen. "I **appreciate** it, my friend, I … I really do."
Meine Stimme klingt schon wieder ganz zittrig. Ob ich es will oder nicht, jetzt kommen mir doch die Tränen.
Ich drücke meinen Kopf an den Hals des alten Pferdes und schluchze leise in seine Mähne.

"Hello, Anna-Lena!"
Huch, das ist ja Birtes Stimme!
Ich werde steif vor Schreck.
Denn ich liege auf dem Bauch in meinem Bett, habe das Gesicht ins Kissen gedrückt und wahre Sturzbäche geflennt. Keine Ahnung, wie lange schon.
Und jetzt taucht plötzlich Birte auf. Dabei hab ich immer noch ihre Schminke im Gesicht! Bestimmt ist das Zeug von der vielen Heulerei total zerlaufen.
Oje, sie darf mich so nicht sehen!
Ganz fest drücke ich meinen Kopf in das Kissen hinein und murmele: "Hi!"
Sie bleibt kurz stehen, geht aber doch weiter zum Schrank. Ich höre, wie sie ihn öffnet und darin herumkramt. Dann schließt sie ihn wieder – und mir stellen sich die Nackenhaare auf – sie setzt sich zu mir aufs Bett!

spot Pickel

"Hey, what's the matter? Why are you hiding your face? Have you suddenly got **spots**, or something?", fragt sie mich, legt mir besorgt ihre Hand auf den Rücken – und zuckt zusammen.
"Wait a minute", sagt sie nur und steht wieder auf.
"What is it?", frage ich ins Kissen hinein.
Birte holt leise polternd etwas unter dem Bett hervor.
"This is the gym shoe Maja was looking for this morning", stellt sie mit erstaunter Stimme fest. "I just kicked it with my foot."
"What?" Ich fahre hoch.
Aber das wird mir erst klar, als Birte mich entsetzt ansieht.
Ich werde dunkelrot im Gesicht.

"God, you look terrible!", stellt Birte fassungslos fest. "How did you do that? And why?"
Na gut, mit Lügen und Vertuschen komme ich jetzt nicht weiter.
"I used your makeup without asking", gestehe ich bedrückt.
Als sie nichts sagt, fahre ich fort: "I know I shouldn't have. I'm sorry, I really am. I promise I'll never do it again."
Doch zu meinem Erstaunen wird Birte gar nicht sauer. Sie seufzt nur und schüttelt den Kopf: "Oh no! Anna-Lena's in love, too! I hope it's not Harald, is it?"
"Certainly not!", wehre ich ab. "Actually, he's nothing to do with the camp."
"Thank goodness for that", seufzt Birte erleichtert. "For a minute I was worried you might have fallen in love with one of the old men. Even our Spanish coach José is over thirty!"
Erwartungsvoll sieht sie mich an, doch als ich nichts mehr sage, fragt sie vorsichtig: "Er ... but who *are* you in love with, then? I mean, you don't have to tell me if you don't want to, of course."
Ich zucke die Achseln. "You don't know him. He's a kind of knight on a white charger."
Als sie mich verwirrt anschaut, erkläre ich: "He's a local guy, from a farm near the hotel."
"Are you talking about the rider on the beautiful white horse we've seen in the **distance** a few times?", hakt sie nach.
"Exactly. I met him by chance yesterday. He showed me his parents' farm, he invited me in for a cup of tea,

distance Ferne

and he was very kind and sweet. But this morning ..." Ich muss wieder tief Luft holen. "This morning, I found out that he's got a girlfriend."

"Oh no!" Birte fasst sich an den Kopf.

"Please don't tell anyone!", füge ich hinzu. "Well – you can tell Maja. She knows about him anyway."

"Of course I won't. You can count on me!", versichert sie.

"Thank you!", sage ich aus ganzem Herzen. "At least I've been lucky with my roommates."

Sie legt mir nur stumm die Hand auf die Schulter.

Ein, zwei Minuten lang hocke ich mit hängendem Kopf neben ihr auf dem Bett. Dann meint sie: "I should go back to training. I just wanted to change my tracksuit, because my trousers **ripped** when I fell over a few minutes ago."

Ich nicke.

"Don't forget, we'll be having lunch in an hour's time. You'll have to come downstairs for that, even if it's hard. Try to calm down, and do wash your face! I don't want our teammates to start **teasing** you as well. They**'ve** already **been bitching about** Maja."

Alarmiert sehe ich sie an. "Was it really bad?"

"Some of the girls were being horrible." Birte zuckt die Achseln. "Well, at least we've found Maja's gym shoe now, so she won't look like a clown all afternoon as well. Let's hope that **by** tomorrow they've forgotten all about it." Ernst fügt sie hinzu: "As I said: don't forget to wash your face! Use my **cleansing pads**; they're in the same drawer as my makeup."

to rip reißen
to tease hänseln
to bitch about sb über jdn lästern
by bis
cleansing pad Reinigungspad

"Thanks a lot!" Nun kriege ich doch ein kleines Lächeln zustande. "Are you angry with me?"
"Under the **circumstances**?" Nachdenklich legt Birte den Kopf schief. "No, actually, I'm not." Sie klopft mir auf die Schulter. "I have to go now."
Noch einmal hält sie den blauen Turnschuh hoch. "Maja will be relieved."
Da fällt mir plötzlich etwas ein, was ich sie unbedingt noch fragen wollte. "Wait a minute! Was that shoe really lying under the bed?"
"Yes, of course it was", bestätigt sie.
"But this morning I watched Maja looking for it exactly there. She even lay flat on the floor to look", sage ich.
"Really? That's very strange." Birte zieht die Augenbrauen zusammen. "Well, maybe she was too upset and just didn't notice it. Whatever ... Take care!"
Birte lächelt mir noch einmal zu und verlässt eilig das Zimmer.
Von meinem Versteck hinter der Gardine beobachte ich, wie sie auf den Sportplatz zurückkehrt und Maja den zweiten Turnschuh gibt.
Die sieht total erleichtert aus und wechselt am Rand des Spielfeldes ihre Schuhe.
Einige von unseren Kolleginnen beobachten sie mit hämischen Blicken, flüstern untereinander und schütteln die Köpfe.
"Poor Maja!", murmele ich. "I wouldn't want to be in your shoes now. But I**'m** not **feeling** too **comfortable** in my own shoes either."

circumstance
Umstand
to feel comfortable
sich wohlfühlen

"Hi, Anna-Lena", begrüßt mich unser Hausmeister. "Where've you been all morning?"
Oh nein! Muss der mir jetzt auch noch über den Weg laufen?
Es ist kurz vor Mittag, ich hab mich gründlich abgeschminkt und bin nun auf dem Weg in den Speisesaal.

cheating betrügerisch
bastard Scheißkerl
to have the nerve to do sth die Dreistigkeit besitzen, etw zu tun
exhausting anstrengend

"I stayed in my room, reading", flunkere ich und schenke ihm ein ebenso künstliches wie strahlendes Lächeln.
"That's a shame", meint er. "Arthur Montescue rode past about an hour ago. He was asking after you."
Oh Mann! Jetzt packt mich aber echt die Wut!
"Arthur Montescue, that **cheating bastard**? Did he really **have the nerve to** come looking for me? I suppose he thought he could have a bit of fun with that silly German girl who's obviously obsessed with him, then go back home to his girlfriend in the afternoon."
Am liebsten hätte ich das zu Mr Walker gesagt. Aber ich nehme mich zusammen und meine nur lächelnd: "Did he really? What a pity I missed him."
Dann drehe ich mich um und gehe in den Speisesaal, in den gerade durch die gegenüberliegende Tür die anderen Mädchen aus dem Camp strömen.
An der Selbstbedienungstheke stößt Maja zu mir.
"You look really tired. Training must have been **exhausting**", flüstere ich ihr zu, während ich mir Hähnchen, Salzkartoffeln und Gemüse auf den Teller lade.
Sie nimmt sich ebenfalls ihr Essen, dann geht sie mit

mir zu einem freien Tisch am hinteren Ende des Saales.

"No, it wasn't. But the other girls teased me the whole time because I couldn't find my stupid gym shoe", erklärt sie, als wir uns hingesetzt haben.

tricky heikel
weird komisch

"*Some* of them did", tröste ich sie. "Not all of them. I was watching from the window."

"Was the shoe really under our bed?", will sie wissen, während sie mit nervösen Bewegungen die Hähnchenkeule in ihre Einzelteile zerlegt.

Ich zucke die Achseln. "Yes, it was."

Frustriert schiebt sie die Knochen an den Tellerrand. "But I know I looked for it there this morning, and I couldn't find it."

"I know", antworte ich. "Birte said that maybe you were too upset and just didn't notice it."

"Do you think I'm going mad?", flüstert sie erschrocken, und ihre dunklen Augen werden wieder ganz groß.

"Of course not", beruhige ich sie. "You're just in a **tricky** situation at the moment. Something like that with the shoe could happen to anyone."

Mitleidig beobachte ich, wie sie sich eine Gabel voller Hähnchenfleisch in ihren Mund schiebt und appetitlos darauf herumkaut.

"I'm so glad Harald didn't laugh at me. He's being so kind", meint sie dann.

"He'd be a pretty **weird** guy if he split up with you because of a silly little thing like that", wende ich ein.

"Maybe." Maja seufzt und wechselt das Thema. "But

lord of the manor Gutsherr
to get a kick out of sth an etw Spaß haben
to make a fool of sb jdn zum Narren machen
Never mind. Mach dir nichts draus.
spoilt verwöhnt
to get over sth über etw hinwegkommen
to announce ankündigen
tactics Taktik
game analysis Spielanalyse
theory Theorie
to join in mitmachen
plenty eine Menge
to occupy one's mind seinen Geist beschäftigen

what's the matter with you? Birte told me I should to talk to you about it."
Nun ist es an mir zu seufzen. Dann erzähle ich ihr von Arthur.
"I guess the son of the **lord of the manor** really **got a kick out of making a fool of** the silly little handball player. He probably really enjoyed it", beende ich meine Erzählung.
"What an idiot!", zischt Maja wütend. "That's so mean. I thought he seemed like such a nice guy. I really hoped that ..." Sie spricht nicht mehr weiter, sondern schneidet noch ein Stück Fleisch durch. "Well, **never mind**!", meint sie kauend. "I mean, you hardly know the guy. Okay, he's very cool, and he seems to be a fantastic rider. But that's not everything." Sie schluckt ihr Essen hinunter und fährt fort: "Keep smiling! He's not worth it. Of course he isn't. You're a handball champion, not a **spoilt** princess. You'**ll get over** him."
Sie schenkt mir ein aufmunterndes Lächeln, bevor sie weiterspricht: "Besides, our trainers **have announced** that we're having lessons in **tactics** and **game analysis** this afternoon. It's just **theory**, so you'll be able to **join in**. And I've been told that you're allowed to come to the beach with us tonight. So you'll have **plenty** to **occupy your mind** this afternoon. That'll help, won't it?"

Erfreut sehe ich sie an. “You’re right. I’ll forget all about him! He doesn’t **deserve** me!”
“**That’s the spirit!**”, meint Maja.
Endlich schiebe ich mir die erste volle Gabel in den Mund. Ich schaffe es tatsächlich, einen Teil meines Essens hinunterzuwürgen.
Als meine Freundin aufsteht, um ihr Tablett in die Küche zu bringen, sagt sie noch: “If you’re looking for a boyfriend, you should look for a handball player. Most of them are honest and fair, not like Arthur Montescue. Anyway, there are plenty more fish in the sea.”
“Really?”, murmele ich frustriert, aber so leise, dass sie mich nicht mehr hören kann. “I wonder how you’d have felt if I’d said that to you three days ago, when you were **heartbroken** over Harald.”

to deserve verdienen
That’s the spirit! So ist’s recht!
heartbroken untröstlich

Changing Tactics

Am nächsten Morgen, nach einer letzten, gründlichen Untersuchung durch Trainer Sigurd, ist meine Auszeit endlich vorbei.
“I can join in the training again! Hurrah!”, rufe ich den anderen zu, als ich auf den Sportplatz jogge.
“Just in time!”, meint Maria Leticia und klopft mir auf die Schulter.
Birte nickt zustimmend. “Today, our coaches will start **dividing** us **up** into four teams for the big competition on Friday afternoon.”
Endlich wieder Handball!
Bei mir hat der Liebeskummer offensichtlich einen ganz anderen Effekt als damals bei meiner Großwallstädter Torwart-Kollegin Luisa. Obwohl ich in der letzten Nacht mal wieder kaum geschlafen habe, hänge ich mich in das Training rein wie noch nie zuvor in meinem Leben.

to divide up
aufteilen

Nur ein einziges Mal hab ich einen kurzen Aussetzer, als plötzlich ein weißes Pferd mit einem dunkelhaarigen Reiter auf dem Hügel auftaucht. Für einen Moment ist mein Gehirn abgeschaltet. Ebenso wie mein Reaktionsvermögen, sodass der Ball, den ausgerechnet Maja mit voller Kraft ins Tor feuert, voll gegen meine Stirn knallt. Wie ein nasser Sack lande ich rücklings auf den Boden, ein, zwei Sekunden lang ist mir schwarz vor Augen. Maja stößt einen Entsetzensschrei

aus und ich höre Sigurd von Weitem rufen: "No! Not Anna-Lena again!"
Mein Gott, ist mir das peinlich!
Ich beiße die Zähne zusammen, rappele mich mit brummendem Kopf hoch und registriere leicht verschwommen, dass Harald und sein Vater auf mich zurennen.
"Don't panic, I'm all right", erkläre ich mit möglichst fester Stimme.
Sigurd baut sich vor mir auf und fixiert mich wie eine verängstigte Henne ihr Küken. Dann stößt er einen leisen Seufzer aus und meint: "All right, you seem to be okay. But please sit down for a while and take a break."

fuss Theater
on purpose absichtlich
to pay attention aufpassen

"That was close! I don't want any more **fuss**, I really don't", sage ich zu den anderen Mädchen, als er sich endlich wieder verzieht.
Ohne ein weiteres Wort stehe ich auf, schleiche an den Rand des Spielfeldes und hocke mich auf den Rasen. Maja kommt hinter mir her.
"I'm very sorry", meint sie bedrückt.
"Why? You didn't do it **on purpose**", antworte ich. "Besides, it's not the first time that I've been hit on the head with a ball."
"You **were**n't **paying attention** because you saw that idiot Arthur riding over the hill, didn't you?", flüstert sie.
"Yes", antworte ich und balle wütend die Fäuste. "But it won't happen again! I won't let that stupid boy mess up my game, I promise!"

"Good!", bestärkt mich Maja, dreht sich um und geht zurück aufs Spielfeld.

Bald stehe ich wieder im Tor, konzentriere mich auf die Bälle und halte, was zu halten ist.

No doubt about it.
Daran besteht kein Zweifel.

"Your two days' break seems to have done you good", bemerkt Harald anerkennend, als ich am späten Nachmittag müde und abgekämpft vom Spielfeld wanke.

"I don't think so", sage ich. "Believe me, I didn't like sitting around and being bored to death."

"Maybe", meint er. "You know, I've always thought that you were a very good goalkeeper. But you were really excellent today, **no doubt about it**."

"Er ... thank you very much", sage ich.

Sein Lob ist genau das, was ich jetzt brauche. Denn nun, da ich nicht mehr abgelenkt bin, quält mich prompt wieder der Liebeskummer. Hundertmal kann ich mir sagen, dass Arthur all meine traurigen Gedanken gar nicht wert ist; eigentlich kann ich machen, was ich will, es hilft alles nichts.

Wahrscheinlich brauche ich einfach nur ein bisschen Zeit.

Es ist Abend, die Sonne geht unter, ich stehe neben Twinkies Weide und gebe ihm ein Apfelstückchen.
"Hi, Anna-Lena." Arthurs warme Stimme jagt mir einen heftigen Schrecken ein.
Langsam drehe ich mich um.
Da sitzt er auf seinem schönen weißen Pferd, in dessen Mähne der Wind spielt, und sieht mich mit seinen leuchtend blauen Augen an. Bei seinem Blick werden meine Knie butterweich; schnell klammere ich mich mit einer Hand an den Zaun. Er steigt ab und kommt, sein Pferd am Zügel haltend, auf mich zu. Das rotgoldene Licht der Sonne reflektiert auf seinem dunklen Haar, als er langsam vor mir auf die Knie sinkt.
"Anna-Lena", beginnt er. "I came here to tell you that I've split up with my girlfriend. It's **over** between us, I promise you! She's the daughter of the local **squire**. Our parents have wanted us to marry since we were little children, but I can't do it. I'll give up my **inheritance**. I'll leave the farm and my home country and come to Germany with you. I'll stop riding, and start playing handball instead. I'll do it all, because I'm in love – "

over vorbei
squire Gutsbesitzer
inheritance Erbe

"Aaaaaargh!!!"
Gnadenlos reißt mich Birtes Schrei aus meinen Träumen. Ich fahre hoch und knalle mit dem Kopf gegen Majas Bett über mir, ausgerechnet mit meiner Stirn, ganz genau dort, wo schon die Beule von gestern prangt. Autsch, tut das weh! Aber na gut, jetzt bin ich wenigstens richtig wach.

"What's the matter?", murmelt Maria Leticia verschlafen.
"It's half past eight! We should be in the dining room, having breakfast, but we**'re** all still **asleep**!", schimpft Birte.
"That can't be right!", stöhne ich, wobei ich mir meinen immer noch schmerzhaft pochenden Kopf halte.
Da bummert von draußen jemand gegen die Tür. "Wake up, you lot! It's half past eight, we're all waiting for you!"
"All right, we're awake, we'll be down soon!", ruft Maria Leticia.
"Oh no!", murmelt Maja von oben. "My alarm clock didn't work."
Birte steigt aus dem Bett und geht zu dem leise vor sich hin tickenden Wecker hinüber, der wirklich und wahrhaftig acht Uhr sechsunddreißig anzeigt.
"No way", knurrt sie. "It would have rung if it had been **set** properly. Unfortunately, it wasn't."
Ich höre, wie Maja sich aufrichtet. "That's **impossible**! I'm sure I set it yesterday evening. I did it before we had dinner."
"Of course." Birte schüttelt den Kopf. "And after dinner you went for a romantic walk on the beach with Harald. I bet you were thinking of nothing but him all evening. You probably just forgot to set the alarm."
"I bet she's right", bekräftigt Maria Leticia. "Anyway, the alarm wasn't set, it didn't ring, and we've overslept. I bet that the whole camp is laughing at us now."

to be asleep schlafen
to set einstellen
impossible unmöglich

Eilig holt sie ein paar saubere Klamotten aus dem Schrank, marschiert damit ins Bad und knallt die Tür hinter sich zu.
"No, I really ...", höre ich kleinlaut aus dem Bett über mir.
"Oh, come on, stop talking rubbish!", schnauzt Birte. "You know what? **I'm sick and tired of** all the problems we've been having because of you two idiots!"
"Er ... what?", frage ich erstaunt nach.
"Listen!" Jetzt kommt Birte so richtig in Fahrt. "Yesterday, Maja came to training looking like a **brightly-coloured** parrot, because she said she couldn't find her gym shoe. And Anna-Lena, you got yourself all dolled up like the Queen of Sheba – you took my makeup without even asking me."
"Did you really?", fragt Maja verdutzt.
Unsere Zimmernachbarin schimpft weiter: "Two days before that, you both got lost on the moor and nearly scared us all to death. And I bet that only happened because you were busy talking about boys. That was why Anna-Lena slipped and fell, and that was why you got lost and ruined our trip, wasn't it?"

to be sick and tired of sth von etw die Nase voll haben
brightly-coloured bunt
on top of that noch dazu
to happen to do sth etw zufällig tun

Oha!, denke ich entsetzt. Wenn Birte sich so sicher ist, haben sich die anderen Mädchen bestimmt schon den Mund über uns fusselig geredet. Aber was das Schlimmste ist: Zum Teil haben sie sogar recht!
"And **on top of that** ..." Maria Leticia reißt die Badezimmertür auf und steckt ihren Kopf hindurch. "I **happened to** see that Anna-Lena didn't lose her mobile

like she told us. She just left it on her seat in the bus. I saw it lying there when we got back." Dann knallt sie die Tür wieder zu.

laughing stock Gespött
to be heading that way auf dem Weg dahin sein

Ohne ein weiteres Wort fährt Birte in ihre Klamotten und verlässt unser Zimmer.

Seufzend stehe ich auf und schaue zu Maja hoch.

"We have to be really careful from now on", sage ich leise zu ihr. "I don't want to be the **laughing stock** of the whole camp, but I'm afraid we**'re heading that way**."

"I know. Our teammates have probably been bitching about us for days already", sagt Maja, stützt ihren Kopf in die Hände und starrt traurig vor sich hin.

Man mag es kaum glauben, aber die Geschehnisse von heute Morgen beflügeln mich noch mehr. Ich trainiere wie eine Wilde und versuche zu übersehen, dass der Reiter auf dem weißen Pferd heute sogar zwei Mal auf den Hügeln hinter unserer Jugendherberge auftaucht. Abends bekomme ich von Harald wieder ein dickes Lob.
Allerdings fällt mir auf, dass sich unser Torwart-Trainer gegenüber Maja ein bisschen kühler verhält als gestern noch. Oder bilde ich mir das vielleicht nur ein? Als am Abend noch einmal eine kleine Grillparty steigt, stehen die beiden jedenfalls wieder eine lange Zeit zusammen und sehen sich tief, ganz tief in die Augen.
"Love must be wonderful!", meint Birte irgendwann grinsend.
Sie und Maria Leticia haben sich zum Glück wieder halbwegs beruhigt.
Doch plötzlich fasst mich Maria Leticia grob am Arm.
"What's the matter?", frage ich erschrocken.
Stumm weist sie mit dem Kopf zu Maja und ihrem Freund hinüber.
"Oh dear!", meint nun auch Birte. "They seem to be arguing. Maja looks **furious** – she's gone all red in the face."
Du liebe Güte! Jetzt packt Harald Maja am Handgelenk und redet wütend auf sie ein.
Maja reißt sich los und kommt zu uns herüber. In ihren Augen schimmern Tränen.
"He says I shmell of alcohol!", schimpft sie. "He rreally thinks am **drunk**! But alco'oll's strickly **ff'bidden** in th' camp."

furious wütend
drunk betrunken
forbidden verboten

Bei ihren Worten wird mir heiß und kalt vor Schrecken.
"God – I think she really *is*", wispert mir Birte zu. Sie klingt total fassungslos.

to sway schwanken
pissed besoffen
state Zustand
to clear sth up etw klären

"Maja, you**'re swaying**!" Maria Leticia geht auf meine Freundin zu und legt ihr beide Hände auf die Schultern.
Aus den Augenwinkeln sehe ich, dass Harald mit schnellen Schritten zu uns herüberkommt, gefolgt von allen Trainern.
"I'm no' **pisssssed**, though", behauptet Maja trotzig.
"Wow!", murmelt Maria Leticia. "How on earth can she speak English in her **state**?"
Camp-Leiterin Danielle – die Wut in Person – baut sich vor uns auf.
"Maja!", knurrt sie. "Have you forgotten that alcohol's strictly forbidden here?"
"Thhhat's w-what I jus' sssaid", meint die, wobei sie sich zur Sicherheit an meiner Schulter festhält.
Inzwischen sind wir von einer ganzen Horde Mädchen umringt. Die meisten schauen entsetzt, ein paar grinsen aber auch hämisch.
"Did you really?", fragt Danielle ironisch. "Well, we'll go to your room now. Maybe we'll find something there that will help us **clear** this **up**."
"W-w-what's she talking about?", fragt uns Maja verwirrt.
Aber die Campleiterin hat unsere arme Freundin schon am Handgelenk gepackt und zieht sie hinter sich her in Richtung Bettenhaus. Wir anderen folgen ihnen.
Nur Harald bleibt zurück. Ganz alleine steht er im Hof und schaut uns nach. In seinen Augen spiegelt sich

eine Mischung aus Entsetzen, ungläubiger Verwirrung und Verzweiflung.

Eins der Mädchen lässt auch noch einen total gemeinen Kommentar los: "Poor Harald! Of all the girls, he goes and falls in love with Maja. **He's not at all bright**, is he?" Als ein paar andere anfangen, blöde zu kichern, zuckt er zusammen und schleicht bedrückt davon.

Na bravo, jetzt ist auch noch sein Ansehen als Trainer ruiniert, denke ich.

"I feel like part of a **mob** following a prisoner to her **execution**", meint Wiesca, als sie auf der Treppe zu uns aufschließt. "This can't be true, it simply can't be!

"It is, though", erklärt Florence, die hinter ihr geht. "And if Maja's been drinking **in secret**, it would explain all the funny things that have happened to her these last few days."

Ich sage nichts.

Ja, Maja ist wirklich und wahrhaftig betrunken. Aber dass ausgerechnet sie heimlich Alkohol trinken soll ... Nein, das kann ich mir bei ihr einfach nicht vorstellen. Außerdem hätten wir davon doch etwas merken müssen!

Danielle hält vor unserem Zimmer.

"All right." Mit strengem Blick sieht sie in die Runde. "Only Sigurd, Maria Leticia, Birte, Anna-Lena and Maja are allowed in with me. The others have to wait outside. And I don't want anyone opening the door and looking in, understand?"

He's not at all bright Er ist nicht der Hellste.

mob Meute

execution Hinrichtung

in secret heimlich

Eingeschüchtert betreten wir drei nach Haralds Vater, Danielle und der immer noch total verwirrten Maja unser Zimmer. Als die Tür hinter uns ins Schloss fällt, beginnt unsere Cheftrainerin sofort, Majas Kleiderschrank zu durchsuchen. Nach kurzer Zeit hält sie inne, sagt nur "Oh!", zieht eine volle Flasche Wodka unter den T-Shirts hervor und hält sie meiner armen Freundin unter die Nase.
"Th-that's not mine", sagt Maja und kichert etwas seltsam. "Whooo do you think I am?"
"Do you think we're all stupid?", fragt Danielle ernst. "You're quite obviously drunk, which is a good reason to **expel** you from the camp and send you home at once."
Mit aufgerissenen Augen starrt Maja sie an. Dabei lässt sie sich langsam auf mein Bett sinken.

to expel verweisen
as far as I'm concerned meinetwegen
very last allerletzte

Unsere Campleiterin wirft Sigurd einen kurzen Blick zu, dann fährt sie fort: "The camp ends on Sunday morning. We only have a few days left, so you may stay, **as far as I'm concerned.** But remember, this is your **very last** chance! If anything else happens – and I mean anything, even the smallest thing – I will call your parents and send you home at once."
Maja sieht sie immer noch verständnislos an.
"Anna-Lena, Birte, Maria Leticia, one of you stay here with her", fordert Danielle uns auf, dann verlässt sie ohne ein weiteres Wort mit Haralds Vater das Zimmer. Maja drückt ihr Gesicht in mein Kissen und fängt an zu heulen.

"I d-d-didnnn't hide any alcohooooool", schluchzt sie. "What's Harald g-going to s-s-say now?"
"Maja, listen to me!", meint Birte vorwurfsvoll. "Don't you realize that our coaches found a whole bottle of vodka hidden among your T-shirts?"
Ich weiß gar nicht mehr, was ich denken soll.
"B-b-but it *isnnn't miiiiiiine*", heult Maja.
Da geht mir ein Licht auf.
"I believe her", erkläre ich in festem Ton.
"Why? What makes you so sure?", fragt mich Birte verdutzt.
"The day before yesterday, in the morning, when you two had already left for training, Maja was looking for her gym shoe, remember? She **emptied** her wardrobe and threw her clothes on the floor", erzähle ich. "The shelves were all empty, but there wasn't a bottle of vodka anywhere, not in the wardrobe and not on the floor. I'm absolutely sure, because I **cleared up** the whole mess after she ran out to go to training."
Birte nickt langsam. "She wouldn't have been able to hide the bottle anywhere else without us knowing about it."
"Oh my God", ruft Maria Leticia aus. "That means someone must have **planted** it."
"And tonight that same person **poured** vodka into Maja's energy drink. You know, I think you might be right", ergänzt Birte.
Bei mir klingeln jetzt sämtliche Alarmglocken. "But **whoever** did it made a **teeny-weeny** little mistake."

to empty leeren
to clear up aufräumen
to plant unterschieben
to pour gießen
whoever wer auch immer
teeny-weeny winzig

"What?", fragt Maria Leticia gespannt.
"That bottle of vodka was full **to the top**. I don't think it had ever been opened", sage ich.
"Yes, you're right", bestätigt sie.
"**None** of us ever lock the door of our room when we go out, do we?", meint Birte.
Verdutzt sehe ich sie an. "No – at least, I don't."
"I don't either", sagt Maria Leticia kopfschüttelnd.
Wir sehen alle drei zu Maja hinüber. Doch die kann uns leider nichts mehr sagen, denn sie ist tief und fest eingeschlafen.

to the top bis oben
none keine

"Did Danielle really say that?" Blass und mit roten Augen hockt Maja auf meinem Bett. Deutlich sieht man ihr an, dass sie sich grottenschlecht fühlt.
"So she really believes that I've secretly been drinking", stellt sie mit wackliger Stimme fest. "I've never drunk alcohol before in my life. The most I've ever done is maybe try a **sip** of wine."
"That's why the vodka made you drunk so quickly", stelle ich fest.
"And after an afternoon of hard training you were **exhausted** and hungry, which would have made it worse", fügt Birte hinzu.
"Oh no!" Sie schlägt mit der Hand vor die Stirn. "What on earth is Harald going to say about all this?"
Eine Träne läuft langsam ihre Wange hinunter und tropft auf meine Bettdecke.
"Look, don't think about that now", erklärt Maria Leticia. "We three know for sure that the bottle Danielle found isn't yours, and **right now** that's the most important thing. Someone must have hidden it with your T-shirts yesterday evening. Probably the same bitch who secretly poured vodka into your drink."
Maja kratzt sich den Kopf. "You know, I thought it tasted a bit strange, but I just thought that my glass hadn't been **rinsed** properly, and that maybe there was beer in it before. It never occurred to me that anyone would do something like this to me!"
"Hey!", rufe ich aus. "I think I know what's behind it all."
"Go on!", fordert mich Maria Leticia auf.

sip Schluck
exhausted erschöpft
right now jetzt im Moment
rinsed ausgespült

"Think about it", beginne ich. "Maja's been a kind of walking disaster these last few days, hasn't she? First her gym shoe suddenly **fell apart** for no reason, so she couldn't finish her long-distance run. Then the next day she couldn't find one of the shoes in her **spare** pair, but Birte easily found it under her bed a few hours later. Then the next morning, Maja's alarm clock didn't ring, although she **swore** she'd set it properly the afternoon before. Then the same evening there's alcohol in her drink, and Danielle finds a bottle of vodka among her clothes."

"Someone's trying to **sabotage** things for her, that's for sure. We've agreed that already, haven't we?", meint Birte ein bisschen ungeduldig.

"But you're missing something important", sage ich. "Do you remember that I couldn't find my mobile when Maja and I got lost on Dartmoor?"

"Of course we do", bestätigt Maria Leticia.

Die anderen nicken.

"When we got back to the bus, I found my mobile on my seat", fahre ich fort. "Birte, you saw it there too, didn't you?"

"I certainly did", nickt diese.

"**At the point** when I 'lost' my mobile, everyone thought that Harald was in love with me, didn't they?"

"Do you mean ...?" Majas Augen werden riesengroß. "Hang on. You're saying that some other girl's in love with Harald. First she was jealous of you, and now she's playing tricks on me?"

to fall apart auseinanderfallen
spare Ersatz-
to swear (swore, sworn) schwören
to sabotage sabotieren
at the point zu dem Zeitpunkt

"It's quite possible", stimmt Birte zu.
"What a nasty, **vindictive** bitch she must be!", schimpft Maria Leticia.
Ich sage nichts. Denn, um ehrlich zu sein: Ich muss nur eine Sekunde lang an Arthur Montescue denken, und schon kriege ich eine derartige Wut auf sein blondes Prinzesschen, dass ich die geheime Übeltäterin sogar ein bisschen verstehen kann.
Obwohl ... das, was sie gemacht hat, ist einfach eine abgrundtiefe Gemeinheit.
"We should tell the coaches", schlägt Maja vor.
Für einen Moment herrscht nachdenkliche Stille.
"No, I think it's too early to do that", meint Birte. "Think about it. Yesterday evening, Danielle told you they would give you one last chance. But if the smallest thing should happen ..."

vindictive rachsüchtig
final letzte
rival Rivalin
to get out of the way aus dem Weg räumen

Maria Leticia nickt. "Right. And I bet this 'small thing' is going to happen today. Whoever did all this to Maja must be in a hurry now. Tomorrow we have our **final** competition, and the day after tomorrow we all go home. Maja's secret **rival** wants to win Harald for herself, doesn't she? So she has to **get** Maja **out of the way**, and she hardly has any time left."
"Okay", sage ich. "What's our plan?"
"We have to keep an eye on all the girls who leave our group, whatever the reason, even if they say that they just want to go to toilet", schlägt Maria Leticia vor. "It'll be difficult, but there are four of us, so it should be possible."

"If we don't find anything out, we'll have to talk to the coaches tonight", ergänze ich.

"**In any case**, we should lock the door of our room every time we go out", beschließt Birte.

in any case auf alle Fälle
in spite of trotz

"Okay", meint Maja. "Thank you all so much for helping me, and for trusting me **in spite of** everything that's happened. I really never dreamed I'd find such good friends here in such a short time."

Dann umarmt sie uns, eine nach der anderen.

Als wir eine halbe Stunde später den Frühstückssaal betreten, wird es mit einem Schlag totenstill im Raum. Alle starren Maja an.
"I'm glad Harald isn't here yet", flüstert mir Maria Leticia zu.
"I bet he **didn't sleep a wink**", vermutet Birte.

to not sleep a wink kein Auge zumachen
to catch erwischen

Irgendwie schafft es unsere Freundin, mit einem entspannten Lächeln auf den Lippen quer durch den Raum zum Buffet zu gehen und sich ihr Frühstück zu nehmen.
Kurz darauf betritt Harald blass und mit dunklen Ringen unter den Augen den Speisesaal. Er wirft Maja einen hilflosen Blick zu und scheint sogar einen Schritt in ihre Richtung machen zu wollen. Doch er überlegt es sich anders und geht zu dem Tisch mit den anderen Trainern hinüber.
Sofort fangen ein paar Spielerinnen an zu tuscheln.
Meine Freundin bleibt selbst jetzt noch äußerlich ruhig und gefasst. Aber ich bin mir völlig sicher, dass es sie innerlich beinahe zerreißt.
Birte beugt sich zu ihr hinüber. "Keep cool. Whoever it is who's doing this to you, we**'ll catch** them, I promise!"

Penalty Throw!

"Twinkie, you'll never guess what happened next", erzähle ich dem Pony aufgeregt.
Okay, gestern war ich ausnahmsweise mal nicht bei ihm. Aber jetzt muss ich unbedingt mit jemandem reden.
Das kleine Pferd scheint zu spüren, dass etwas Aufregendes passiert ist, denn es sieht mich interessiert an. Twinkie vergisst sogar, mich an seinen täglichen Apfel zu erinnern.
"We started training as usual. Everything seemed quite normal. But every time a girl left the group, one of us followed close behind her. Well ..." Ich wühle in meiner Tüte, zaubere ein Apfelstück hervor und gebe es ihm. "It wasn't long before Florence left, saying that she had to go to toilet. She's a goalkeeper too, so I **pretended** that I **needed to** put some **ointment** on my ankle, and followed her. Guess where I found her!"

penalty throw Siebenmeter
to pretend vorgeben
to need to do sth etw tun müssen
ointment Salbe
changing room Umkleideraum

Mit gespitzten Ohren sieht mich Twinkie an. "Tell me! Quick, tell me everything!", scheint er zu denken.
Ich beuge meinen Kopf noch ein bisschen mehr zu ihm hinunter und flüstere: "She was in the **changing room**. She'd got Maja's energy drink and was opening the bottle!"
Twinkie schnaubt verächtlich.
"I had to think quickly", fahre ich fort. "She hadn't seen

me, and I decided not to **confront** her then and there, because I wanted the coaches to **catch** her **red-handed**. So I **tiptoed** out, and **luckily** I **ran into** Harald in the corridor. I just told him to follow me, and took him back to the changing room. We walked in just as Florence was closing a small, half-empty bottle of vodka! And Maja's energy drink was on the floor between her feet."
Twinkies Ohren spielen aufgeregt hin und her.
"Well, it was immediately obvious that **none** of what had happened in the last few days was Maja's fault. When we spoke to Florence's roommates, they said that she left the hotel yesterday after training. She'd told them she was going for a walk on the beach and taking a bag with her to collect **shells**. **Eventually** Florence **admitted** that what she actually did was walk to the village to buy alcohol. She chatted up some older boys outside the village shop, gave them money, and **talked** them **into** buying her a couple of bottles." Ich zucke die Achseln. "She had no **choice** – she had to admit it. We'd caught her red-handed."
Ich krame nach dem nächsten Apfelstückchen und gebe es dem Pony. "Our coaches have decided that they're going to deal with Florence just as they were going to deal with Maja. If she behaves herself, she's allowed to stay with us for the last two

to confront konfrontieren
to catch sb red-handed jdn auf frischer Tat ertappen
to tiptoe auf Zehenspitzen gehen
luckily zum Glück
to run into sb auf jdn stoßen
none nichts
shell Muschel
eventually letztendlich
to admit zugeben
to talk sb into doing sth jdn überreden, etw zu tun
choice Wahl

days. But her parents are going to be informed, and so is her coach. Anyway, none of the girls from the camp want anything to do with her now. We're all **agreed** on that. Nobody will talk to her. She's probably sitting in her room right now, **crying her eyes out**. She didn't come down to lunch. But it **serves her right**, it really does!"

Ich gebe Twinkie noch ein Stück Apfel. "So Maja and Harald are happy again. And my dear trainer has a very bad **conscience**, because he half-believed that Maja was a secret **alcoholic**. Although, to be honest, what else could he have thought until we **proved** what Florence had done?"

Nachdenklich sehe ich zu, wie das Pony sein Leckerli zerkaut. Dabei geht mir wieder ein schlimmer Gedanke durch den Kopf. Er jagt mir einen solchen Schrecken ein, dass ich ihn laut ausspreche: "Oh Twinkie! Do you think I would do something as horrible as what Florence did if I thought there was a way to **get back at** Arthur's little princess?"

agreed einverstanden
to cry one's eyes out sich die Augen ausheulen
Serves her right. Geschieht ihr recht.
conscience Gewissen
alcoholic Alkoholikerin
to prove beweisen
to get back at sb es jdm heimzahlen

Es ist früher Samstagnachmittag. Auf dem Spielfeld herrscht gespannte Stille. Heute Morgen hat unser kleines Abschlussturnier begonnen, meine Mannschaft hat das erste Spiel gewonnen und ist damit im Finale.

Wir kommen grad aus der Pause des entscheidenden Spiels. Nach fünfzehn Minuten steht es acht zu acht, unentschieden.

Puh, ist das aufregend!

"Where have all these people come from?", fragte mich Maja schon vor Beginn des Spiels. Glücklicherweise ist sie in meiner Mannschaft.

Maja wies mit dem Kopf in Richtung Spielfeldrand, an dem sich eine ziemlich große Gruppe unbekannter Zuschauer angesammelt hatte.

"I guess people in the village heard that we were playing our big game today", überlegte ich laut.

"Maybe it was our friend Mr Walker who told everyone", fügte Wiesca hinzu, die ebenfalls auf unserer Seite spielt.

"I wouldn't be at all surprised", meinte Maja.

Und jetzt nehmen wir Aufstellung für die alles entscheidende zweite Halbzeit.

Ein Windstoß fährt mir durch die Haare, und ich schaue nervös zum Himmel.

"The sun's still shining", sagt Maja. "But there are a lot of clouds over the sea. I hope it doesn't start raining before the game is over!"

Dann geht auch sie zur Mitte des Spielfeldes hinüber.

Anpfiff!

Die gegnerischen Spielerinnen, leider mit Birte und

Maria Leticia, sind am Zug. Den Ball prellend und zwischen sich hin und her werfend, kommen sie langsam näher. Meine Mannschaftskolleginnen heben die Arme und wandern vor mir hin und her. Sie müssen stehen wie eine Wand, dürfen keine Lücke und die Gegnerinnen nicht ungehindert auf das Tor werfen lassen.

Doch da, am linken Rand ...

"Left wing **undefended**!", schreie ich.

Aber Birte hat den Ball, blitzschnell macht sie einen klassischen Sprungwurf, ich hechte in die falsche Ecke, und schon zappelt der Ball im Netz.

Führung für die Gegnerinnen.

Maja stößt ein paar unverständliche, ziemlich gefährlich klingende Worte aus. Vermutlich flucht sie gerade auf Ungarisch.

Ich werfe ihr den Ball zu, dann geht meine Mannschaft zum Angriff über und läuft auf die andere Seite des Spielfeldes.

Aber die Gegnerinnen sind hellwach, ihre Deckung steht wie eine Mauer, mehrmals pfeift Schiedsrichter José unsere Attacken ab ...

Wieder fährt ein Windstoß über den Sportplatz. Für einen Moment bin ich abgelenkt und bemerke zu meinem Schrecken, dass am Zaun, nur wenige Meter von mir entfernt, das weiße Pferd mit seinem Reiter aufgetaucht ist.

undefended
unverteidigt

Mir bleibt fast das Herz stehen.

Die Zuschauer schreien auf, und ich schaue wieder aufs Spielfeld.

Maria Leticia hat meiner Mannschaft den Ball abgenommen und startet einen Gegenangriff. Mit einem Irrsinnstempo rennt sie quer über das Spielfeld auf mich zu!

Ihr Ball wird kaum zu halten sein. Mir klopft das Herz bis zum Hals.

to deal (dealt, dealt) with sb es mit jdm zu tun haben

Arthur Montescue, do you really believe even now that you can make a fool of me? Right – I'll show you who you**'re dealing with**!

Das ist der letzte Gedanke, der mir durch den Kopf schießt, bevor Maria Leticia zum Wurf ansetzt.

Ihre Augen blitzen auf, ganz kurz nur, und plötzlich weiß ich: Sie zielt nach rechts!

Ich springe ab, hechte in die richtige Richtung, mit den Fingerspitzen berühre ich den Ball – und hab ihn abgewehrt!

Der Ball fliegt über das Tor, unter den Zuschauern brandet Beifall auf. Auch meine Mannschaft jubelt, denn nun sind wir am Zug.

"Well done!", ruft mir Maja zu.

Ich hole den Ball und werfe ihn ihr zu, dann beginnt unser Angriff.

Das Spiel geht weiter, mal führt die eine, mal die andere Mannschaft mit einem, höchstens zwei Toren.

Und die ganze Zeit über steht Arthur Montescue neben seinem grasenden Pferd am Zaun und schaut zu mir herüber.

Ist es seine Gegenwart, ist es meine Riesenwut auf ihn, die mich über mich hinauswachsen lässt?

Die gegnerische Mannschaft setzt uns mächtig unter Druck, ein ums andere Mal nimmt sie meinen Kolleginnen den Ball ab und greift an, doch ich halte jede Menge ihrer aggressiven, mit voller Wucht geworfenen Bälle. Leider ist die gegnerische Torwartin auch nicht schlecht ...

Jedes Mal, wenn ich wieder ein Tor verhindert habe, möchte ich der einsamen Gestalt am Zaun am liebsten zurufen: "Hey, Arthur, don't you see what you're missing?"

Die Leute am Rande des Spielfeldes folgen uns mit wachsender Begeisterung, schließlich feuern sie uns sogar mit lautem Jubel an.

"Now even **the British** can see that handball is a great sport!", ruft mir Maja zu.

Da haben wir nur noch eineinhalb Minuten zu spielen; es steht 19 zu 19!

Die Gegnerinnen sind im Ballbesitz und rennen auf uns zu.

Da!

the British die Briten

Birte passt zu Maria Leticia, doch Maja springt dazwischen.

Tatsächlich, sie hat den Ball und macht einen Tempogegenstoß. Bevor jemand sie aufhalten kann, ist sie vor dem gegnerischen Tor und wirft!

Der Ball knallt an die Latte, springt ab ... und landet doch noch im Netz. Wir sind in Führung!

Unsere Gegnerinnen packt jetzt so richtig die Wut. Sie haben den Ball und rennen auf mein Tor zu.

Nur noch 45 Sekunden bis zum Schlusspfiff!

Jetzt geht es um alles oder nichts.

Mein Herz wummert. Ich sehe nur noch den Ball, der zwischen unseren Gegnerinnen hin und her fliegt.

"Right wing wide open!", schreie ich.
Maja, obwohl von der gegnerischen Kreisläuferin hart bedrängt, springt in die Lücke und hält Birte fest, die gerade zum Sprungwurf ansetzen will.
Schiedsrichter José pfeift ab, und der Angriff beginnt von Neuem, hin und her fliegt der Ball zwischen unseren Gegnerinnen, dann hat Rechtsaußen den Ball, sie läuft zwei Schritte vor und wirft!
An einem Detail in ihrer Bewegung ahne ich, dass sie in die lange obere Ecke zielt. Ich strecke den rechten Arm aus, schmerzhaft trifft der Ball meine Hand – und prallt ab!
Der Ball fliegt übers Tor, und das heißt: Meine Mannschaft ist wieder am Zug. Sie rennen in die gegnerische Hälfte ... Doch noch bevor sich ihr Angriff so richtig formieren kann, pfeift José das Spiel ab.
Gewonnen!!!
Jubelnd fallen wir uns in die Arme und führen einen Freudenkreistanz auf.

to spoil verderben

Als ich irgendwann keuchend stehen bleibe, werfe ich einen schnellen Blick in Richtung Zaun.
"Don't worry, Arthur's gone", meint Maja und legt mir tröstend die Hand auf die Schulter.
Tatsächlich, er ist weg.
"We won – and nothing**'s going to spoil** it", erkläre ich in festem Ton.
"That's good!", lobt sie mich. "Let's go and see Birte and Maria Leticia. Look at them sitting on the bench. They look really miserable."
Maja hockt sich vor die beiden hin. "Hey, don't be upset! Your team was very good, it really was. Actually,

you were even better than we were. I mean, if Anna-Lena wasn't such a good goalkeeper, we would have lost the match."
"I think you**'re exaggerating**", sage ich.
"No, Maja's right", widerspricht eine männliche Stimme hinter mir.
Ich drehe mich um und sehe, dass unser Coach Sigurd und ein breit grinsender Harald hinter uns stehen.
"You really are a great goalkeeper, Anna-Lena", lobt mich mein Torwarttrainer.
Und sein Vater fügt hinzu: "In my opinion, several of the girls in this camp are going to be national players in a few years' time. You're one of them, Anna-Lena."
Oha! Ihr Lob geht mir runter wie Öl.
Wie auf Wolken schwebe ich zurück auf den Sportplatz, wo Danielle uns die Urkunden aushändigt. Jedes Mitglied unserer Mannschaft erhält außerdem einen kleinen Siegerpokal.
"Okay, now we have to pack", seufzt Maja, als wir hinauf zu unseren Zimmern gehen. "We're leaving early, so we won't have time to do it tomorrow."
Der Gedanke daran gibt mir einen heftigen Stich.
"What a pity", sage ich ehrlich. "It's been such a great experience – and a lot of strange and **unexpected** things have happened, too, of course! But I've met some really nice people here. Especially you, Maja. I hope we**'ll stay in touch.**"
"Absolutely!", strahlt sie. "We should swap addresses, and with Birte and

to exaggerate übertreiben
unexpected unerwartet
to stay in touch in Kontakt bleiben

Maria Leticia too. When I think of what I **owe** the three of you ..."

"You and Harald will see each other again, won't you?", will ich wissen.

Sie lächelt noch breiter. "Oh, yes! We're very lucky – Harald is going on a **course** for handball **instructors** in Budapest in the autumn. We'll be able to see a lot of each other then! And Harald and his father have invited me to visit them in Iceland over the Christmas holidays. Isn't that great? I can hardly wait!"

Unwillkürlich muss ich daran denken, wie schön es doch wäre, wenn ich mich jetzt auch mit Arthur verabreden könnte. Aber das sage ich natürlich nicht. Stattdessen lege ich ihr den Arm um die Schulter.

to owe schulden
course Kurs
instructor Ausbilder(in)

Anna-Lena, du solltest deine Gedanken nicht mehr an diesen Idioten verschwenden, ermahne ich mich dabei. Soll er doch mit seiner blöden blonden Zicke glücklich werden!

Wieder fährt ein Windstoß über den Platz. Noch einmal reißen die grauen Wolken über unseren Köpfen auf, Sonnenlicht flutet über die grünen Hügel, hinter denen ein Streifen blauen Meerwassers aufblitzt.

Maja bleibt stehen. "I'll miss this wonderful countryside. And the sea."

"Me too", gestehe ich. "What an exciting time we've had here!"

In Gedanken füge ich hinzu: Ja, eben! Spätestens in ein paar Wochen werden unsere Abenteuer das Einzige sein, an das ich mich erinnere. Dann habe ich diesen Arthur endgültig und für alle Zeiten vergessen!

Seven-Metre Penalty Throw

"You'll want to say goodbye to Twinkie tonight, won't you?", fragt mich Maja, während sie ein T-Shirt zusammenfaltet.

"Of course I will", erkläre ich und verstaue eine Plastiktüte mit schmutziger Wäsche in meinem Koffer. "He's such a sweet little pony – well, most of the time. I'd take him home with me if I could."

Während ich noch darüber nachdenke, fährt schon wieder ein heftiger Windstoß ums Haus und lässt unsere Fensterläden klappern.

"Oh!", meint Maria Leticia, die gerade aus dem Bad kommt. "The sky is getting darker every minute. Look out over the sea! We're going to have a real thunderstorm soon."

Tatsächlich. Eisengrau und schwer hängt der Himmel über den Dünen. Die Ausläufer der ersten Unwetter-Wolken tasten sich bereits drohend in unsere Richtung.

"Did anyone see the weather forecast?", fragt Birte mit gerunzelter Stirn.

Als wir nicht antworten, fügt sie hinzu: "Looks like we'll have to have our **farewell party** in the dining room tonight."

Während wir unsere Koffer fertig packen, zieht sich der Himmel noch weiter zu. Schaurig heult der Wind um die Mauern unseres Hotels.

farewell party
Abschiedsfeier

"Do you really want to visit Twinkie in this awful weather?", fragt mich Maja, als ich den Apfel vom heutigen Frühstück mit meinem Taschenmesser in Stücke zerschneide.

"Of course I do", sage ich. "Tonight's my last chance to see him. As you said, we'll be leaving early tomorrow."

It's up to you. Das liegt ganz an dir.
soaked durchnässt

"Well, **it's up to you**", meint sie achselzuckend. "But be careful you don't get **soaked**!"

Über dem Meer, noch weit entfernt, zuckt ein Blitz.

"Hurry up! If you're going to go, you should go now", fügt sie hinzu.

Das braucht sie mir nicht zweimal zu sagen. Eilig stecke ich die Apfelstückchen in eine Plastiktüte, dann renne ich aus dem Zimmer und die Treppe hinunter. Als ich die Haustür hinter mir zumache, grollt leise, aber bedrohlich von Ferne der Donner.

Gegen den Wind jogge ich den Feldweg entlang in Richtung Weide.

Der Sturm heult und zerrt an den Ästen der Bäume und Sträucher. Wieder zuckt über dem Meer ein greller Blitz, bald gefolgt von einem leisen Grollen.

Warum lassen die Montescues ihre alten Pferde bei so einem Wetter ungeschützt auf der Weide?, frage ich mich ärgerlich.

Als ich mich der Wiese nähere, sehe ich, dass sich wohl auch Twinkie und Black Wizard vor dem Unwetter fürchten. In der Nähe des Zaunes drängen sie sich zusammen. Geradezu sehnsuchtsvoll scheinen sie darauf zu warten, dass sie endlich jemand in den sicheren Stall holt.

"Twinkie!", rufe ich in den heftigen Wind hinein.
Das Pony spitzt die Ohren und sieht mich an, bleibt jedoch dicht bei Black Wizard.
Ich werde langsamer, um die verängstigten Tiere nicht noch mehr zu erschrecken.
Da sehe ich von Weitem zwei Leute, die über einen Hügel in unsere Richtung laufen.
"Someone's coming for you at last", rufe ich den Pferden zu.
Dann passiert alles auf einmal: Ein besonders heftiger Windstoß fährt über die Wiesen, ich muss mich am Zaun festhalten, damit der Sturm mich nicht umreißt, ein Blitz zuckt über den nachtgrauen Himmel und schlägt in dem toten alten Baum ein, von dem krachend ein dicker Ast abbricht und mit Wucht den Weidezaun niederreißt, nur wenige Meter von den Pferden entfernt.
Das Licht ist so grell, dass ich die Augen schließen muss. Als ich sie wieder öffne, sehe ich, dass die Pferde in ihrer Panik durch das Loch im Zaun gerannt sind. Wie von Furien getrieben galoppieren sie davon, weg, nur weg von dem brennenden Baum, von dem furchteinflößenden Feuer!
"Oh no!", höre ich jemanden durch den Sturm schreien. "They're running towards the beach!"
Ich schaue nach rechts und sehe: Arthur!
Da steht er, mitten auf dem Weg, und schaut voller Entsetzen den Pferden nach.
Hinter ihm taucht das blonde Mädchen auf.
"Don't stand there staring!", schreit sie Arthur durch den Sturm zu. "We have to catch them!"

Na gut, mir muss jetzt egal sein, dass sie auch da ist. Denn sie hat vollkommen recht: Wir müssen Twinkie und Black Wizard wieder einfangen, und zwar so schnell wie möglich!
"I'll help you!", brülle ich, lasse die Apfelstücke fallen und renne zu den beiden hinüber.
"Thanks!", ruft Arthur.
Wieder zuckt ein Blitz. Obwohl es hier draußen ziemlich gefährlich ist, laufen wir los, durch den heulenden Sturm hinter den Pferden her, die schon das Wäldchen durchquert haben und in schnellem Trab eine Düne hinauflaufen.
Also, ich muss schon sagen: Arthur und sein Prinzesschen haben wirklich eine Mordskondition. Sie hetzen über die Wiesen, gegen den Wind, als wäre der Teufel hinter ihnen her. Weil ich von den heutigen Spielen noch ziemlich ausgepumpt bin, komme ich kaum mit ihnen mit.

straight direkt
to panic in Panik geraten

Oder ist es die Angst um ihre geliebten Pferde, die ihnen Flügel verleiht?
Keuchend kommen wir oben auf der Düne an.
"No!", schnauft Arthur. "They're running **straight** down to the beach!"
"They**'ve** completely **panicked**", fügt das Mädchen hinzu.
Sie hat recht: Obwohl der Sturm das Meer in eine entfesselte Urgewalt verwandelt, obwohl meterhohe Wellen brüllend ans Ufer rollen und mit donnernder Wucht auf den Strand krachen, rennen die Pferde weiter, so schnell der steile Weg es nur zulässt.

"Oh no!", jammert das Prinzesschen. "The **tide's coming in** very fast. When there's a storm, the beach is **flooded in no time**. If we want to save the horses, we have to act fast."
"Oh my God, Twinkie!", flüstere ich, und mein bisher wild klopfendes Herz setzt vor Schreck einen Schlag aus.
Eilig klettern wir einen schmalen Pfad die steile Düne hinab.
"What's your name?", fragt mich die Blonde plötzlich.
"Anna-Lena", erkläre ich widerwillig. Was geht diese blöde Zicke mein Name an? "What's yours?"
Eigentlich will ich es gar nicht wissen, aber Höflichkeit ist ja angeblich das halbe Leben.
"I'm Elizabeth Montescue", erklärt sie, packt einen Ginsterstrauch und klettert geschickt über einen dicken Stein.
Ich bin so baff, dass ich eine Vollbremsung mache. Arthur, der hinter mir gegangen ist, kann nicht mehr rechtzeitig stoppen und rummst in meinen Rücken.
Aber das bemerke ich kaum.
"Are you … are you Arthur's sister?", stottere ich fassungslos.
"Of course she is. Who did you think she was?", meint Arthur. Er steht immer noch ganz dicht hinter mir.
Plötzlich wird mir alles sonnenklar: Darum also ist Arthur jeden Tag um unser Hotel herumgestrichen, obwohl er doch eigentlich kapiert haben müsste, dass ich nichts mehr von ihm wissen wollte! Er hat mich gar nicht zum Narren

The tide's coming in. Die Flut kommt.
flooded überschwemmt
in no time im Nu

gehalten. Er scheint mich wirklich zu mögen, genau wie ich es so sehr gehofft habe!
Twinkie konnte sich natürlich denken, dass die "blonde Zicke" in Wirklichkeit Arthurs Schwester ist. Das Pony war sich bestimmt völlig sicher, dass Arthur mir niemals falsche Hoffnungen machen würde, wie ich das geglaubt habe. Darum war es am letzten Dienstag also so sauer auf mich!
Wieder zuckt grell ein Blitz, gleich darauf kracht laut der Donner.
"It sounds as if the sky is going to fall on us", flüstere ich erschrocken.
"Aaaaah!"
Das war Elizabeth!
Schnell schaue ich zum Strand. Black Wizard ist gestürzt! Hilflos kugelt er die letzten zwei, drei Meter den Hang hinunter, gefolgt von einem Schwall aus Erde, Sand und Steinen. Twinkie, der mit seinen kurzen Beinen nicht mit ihm Schritt halten konnte, bremst schlitternd ab und bleibt stehen.
Eilig klettern wir weiter, hinter Elizabeth her. Arthurs Schwester hat Twinkie jetzt schon fast erreicht. Langsam, um das immer noch stocksteif dastehende kleine Pferd nicht noch mehr zu erschrecken, geht sie zu ihm. Wenige Meter unter ihr liegt Black Wizard im feuchten Sand. Hoffentlich hat er sich nicht verletzt!
Elizabeth ist nun bei Twinkie angekommen. Vorsichtig streckt sie ihre rechte Hand nach ihm aus ... und bekommt tatsächlich sein Halfter zu fassen.
"Thank God, she's got him", keucht Arthur.
Mit betont langsamen Bewegungen zieht Elizabeth

einen Führstrick aus ihrer linken Anoraktasche und befestigt ihn am Halfter des Ponys.

She's done it.
Sie hat es geschafft.
badly schwer

"Yes, **she's done it**", seufze ich erleichtert.

Aber der arme Black Wizard ...

Verzweifelt versucht er, seine Vorderhufe in den Sand zu stemmen und aufzustehen. Aber seine Beine knicken sofort wieder ein.

"Is he's **badly** hurt?", rufe ich Arthur zu.

"I don't think so", antwortet der, während er über eine Wurzel klettert. "Sometimes he can't get up by himself, as you know. He needs our help, though – the tide is coming in fast!"

Elizabeth klettert mit Twinkie am Strick zum Strand hinunter, damit Black Wizard so bald wie möglich Hilfe bekommt. Sie kniet neben dem alten Rappen nieder und legt ihm die Hand aufs Fell.

Arthur und ich folgen ihr, so schnell es nur geht. Als wir die Pferde erreicht haben, bekomme ich einen Schrecken. Wie nahe die Wellen schon sind!

"He doesn't seem to be hurt", ruft uns Elizabeth durch das Donnern der Wellen zu.

"Okay", meint Arthur. "Let's try to help him. Anna-Lena, please hold Twinkie."

Elizabeth drückt mir den Führstrick des Ponys in die Hand.

Verdutzt beobachte ich, wie Arthur neben Black Wizards Kopf niederkniet und ihm ins Ohr pustet!

Erschrocken reißt das Pferd den Kopf hoch.

"What are you doing?", rufe ich ihm zu. "I don't think he likes that at all!"

"Exactly", meint Arthur laut. "If we do it, sometimes he's so **shocked** that he manages to get up by himself. But this time ..."
Hilflos stehe ich da und beobachte, wie Elizabeth Black Wizards Hufe nach vorne zieht, ihn dann am Halfter packt und an seinem Kopf zerrt, während Arthur versucht, die Hinterhand des alten Pferdes hochzuschieben.
Vergeblich.
Erschreckend nahe kracht eine Welle auf den Strand, ihre Gischt spritzt bis zu uns herüber, und ihr salziges Wasser brennt in meinen Augen. Entschlossen wische ich es weg.
"Twinkie, this can't go on! I'm going to help them", sage ich, binde das Pony an einem dicken Strauch fest und gehe zu Arthur hinüber.
Tatsächlich: Zu dritt schaffen wir es mit vereinten Kräften, dem alten Tier wieder auf die Beine zu helfen.
"We've done it!", seufzt Elizabeth erleichtert.
Schwankend steht Wizard da und kämpft um sein Gleichgewicht.
"Thank you. You were a great help." Arthur klopft mir anerkennend auf die Schulter.

shocked schockiert
to get away wegkommen

Huch! Meine Füße sind plötzlich klatschnass! Ich sehe, dass ein erster Schwall Wasser meine Schuhe umspült.
"We have to **get away** from here!", ruft Elizabeth.
"But we can't go back this way", erklärt Arthur. "It's too steep. Black Wizard won't make it – he isn't strong enough. We have to take the path over there." Dabei

zeigt er auf eine nicht allzu weit entfernte, erheblich flachere Düne.

Er packt Black Wizards Strick und marschiert los.

Mit meinen nassen, steifen Fingern knote ich Twinkie von dem Busch los, und wir machen uns ebenfalls auf den Weg.

to drown ertrinken

Für meinen Geschmack kommen wir viel zu langsam vorwärts. Aber mit dem erschöpften Rappen geht es einfach nicht schneller.

Noch einmal durchnässt ein Schwall schäumendes Wasser meine Turnschuhe.

"Oh, Wizard, please walk faster!", stöhnt Elizabeth. Sie packt jetzt das Halfter des alten Pferdes an der rechten Seite seines Kopfes und versucht, es mit Arthurs Hilfe hinter sich her zu ziehen.

Schritt für Schritt kämpfen wir uns weiter durch den Sturm und zwingen uns, die zuckenden Blitze, die spritzende Gischt und die brüllenden Wellen zu ignorieren.

Als beim nächsten Mal Wasser über unsere Knöchel schwappt, bleibt Black Wizard schwankend stehen.

"Oh, God, no!", jammert Elizabeth. "Please, Wizard, come on! If you don't, we'll have to leave you here to **drown**!"

"Don't give up! Come on, keep going! " In meiner Not brülle ich das arme Pferd richtig an.

Verzweifelt schnappe ich mir einen am Boden liegenden dünnen Ast und schlage auf das knochige Hinterteil des Pferdes.

Der alte Wallach atmet tief durch, dann macht er einen Schritt und noch einen ...

Wieder spritzt mir Gischt ins Gesicht. Das Wasser läuft erneut bis über meine Knöchel auf.
"Just a few more steps and we'll have reached the path", redet uns Arthur gut zu, der mir meine Angst offenbar ansieht.
Tatsächlich sind wir bald angekommen und steigen langsam die Düne hinauf.
Der Weg fällt mir schwer, weil ich so weiche Knie habe. Ich kann nicht sagen, ob meine Erschöpfung oder aber meine riesengroße Erleichterung der Grund ist.
Als wir endlich oben sind, steht das Wasser unter uns am Strand schon über einen Meter hoch.

a close shave knapp

"Phew, that was **a close shave**, my old friend", seufzt Elizabeth und streichelt dem alten Wallach über die Nüstern. Dann lässt sie endlich sein Halfter los und fällt Arthur um den Hals.
Aber das stört mich nicht im Geringsten.
Das heißt ...
Für einen Moment geht mir wieder die Geschichte von König Arthur durch den Kopf. Der soll ja heimlich in seine Halbschwester Morgaine verliebt gewesen sein. Aber was soll's? Dies hier ist keine Sage, dies ist das echte Leben! Und das ist nun wirklich abenteuerlicher als die wildesten Rittergeschichten.
Da klingelt Arthurs Handy. "Hi, Dad! Don't worry, we're okay. The fence was broken and the horses escaped from the paddock, that's why we're late. They ran all the way down to the beach before we could catch them. Black Wizard fell and couldn't get up, and ..."

Er macht eine längere Pause und hört zu. "Yes, of course we're all right. We're all quite safe, honestly. We're back at the top of the **dunes** ... No, you don't have to bring the **horsebox**. We're only about a mile from the farm. I think it'll be easier for Wizard to walk than to get into the horsebox for such a short distance ..."

Wieder hält er inne und verdreht genervt die Augen. "Of couse we'll come straight home! We'll be bringing someone with us, by the way ... Anna-Lena, the girl from the handball camp. She helped us catch the horses and get Wizard back on his feet. We probably couldn't have done it without her ... Yes please, good idea – phone Mr Walker at the hotel and tell him what's happened. Bye then, see you in a minute!"

"Oh, my friends at the camp!", rufe ich aus. "I'd completely forgotten about them. They must be very worried."

"No problem. Dad will let them know that you're okay", beruhigt mich Elizabeth.

Gemeinsam machen wir uns auf den Weg zur Farm der Montescues.

Der Sturm ist noch stärker geworden. Gebeugt kämpfen wir uns vorwärts, ja, wir lehnen uns regelrecht gegen den Wind. Ich halte Twinkie am Strick, und Arthur und Elizabeth gehen neben Wizard her.

Wieder zuckt ein Blitz, noch einmal kracht der Donner, und plötzlich öffnet der Himmel seine Schleusen.

"Hurry up! Let's **take cover** in the barn over there!", ruft Arthur.

dune Düne
horsebox Pferdebox
to take cover sich unterstellen

Kurz darauf stehen wir im Trockenen.
"Phew!", seufzt Elizabeth. "We're soaked to the skin."
"We certainly are!", grinst Arthur. "Our legs and feet are soaked in sea water, and our heads and bodies are wet from the rain."
Es dauert nicht lange, und wir zittern alle drei vor Kälte.
Um wenigstens ein bisschen warm zu werden, drängen wir uns dicht neben den Pferden eng zusammen. Ich lehne mit meiner linken Schulter an Black Wizard, meinen Rücken wärmt Elizabeth, und mein Kopf ist nah, ganz nahe an Arthurs Schulter.

to be close to sb
jdm nahestehen

"You thought that Elizabeth was my girlfriend, didn't you?", fragt er mich völlig unerwartet.
Mir wird ganz heiß im Gesicht. Aber im Halbdunkel der Scheune kann er das hoffentlich nicht sehen.
"Well, er ... yes", murmele ich beschämt.
"Oh dear", stöhnt Arthurs Schwester. "What made you think that?"
Also gut, hier hilft wohl nur noch, einfach ehrlich zu sein.
"On Tuesday morning I went for a walk, and I thought I'd come and see Arthur on your farm", erkläre ich. "But when I got there, I saw you coming out of the house. You put your arm around his neck and kissed him, and I ... well, I could see the two of you **were** really **close**, and it just seemed obvious to me that you must be his girlfriend."
"That's why you suddenly didn't want to have anything more to do with me", stellt Arthur fest.

Seine Stimme klingt so traurig, dass mir trotz der Kälte plötzlich ganz warm ums Herz wird.
Also gut, Anna-Lena, sage ich mir. Heute ist definitiv dein letzter Tag in Cornwall. Und dies ist deine wirklich allerletzte Chance, Arthur genau das zu sagen, was du ihm am besten schon vor vier Tagen gesagt hättest.

flu Grippe

"Well... um... actually...", beginne ich. Nur Mut, Anna-Lena! Du kannst jetzt einen Siebenmeter werfen. Also mach das Tor!
Wenn mein Herz nur nicht so rasend klopfen würde! Ich schließe die Augen und stelle mir vor, wie ich mich in Position begebe. Entschlossen nehme ich den Ball in die rechte Hand, hole aus, lege all meine Kraft und meine Konzentration in den Wurf und ...
"When I saw her kissing you, it was really hard for me. I was very upset, because ... um ... well, because I'd fallen head over heels in love with you."
Nun erst habe ich den Mut, ihn wieder anzuschauen.
Arthurs blaue Augen sind ganz groß geworden; völlig überrascht schaut er mich an. "And I'm in love with you, too. I couldn't think of anything but you from the minute I first saw you. I had no idea why you suddenly seemed to want nothing to do with me. I didn't know what to do – I ... "
"He felt so awful that our mother was convinced he'd got **flu**", beendet Elizabeth den Satz.
Jetzt ist es Arthur, der rot wird. Das kann ich sogar hier im Halbdunkel erkennen.
"Yes, that's true", murmelt er, legt seine Hände auf mein Gesicht und flüstert: "But I've never felt better in

my life. Now there's nothing to **keep** us **apart**."

to keep apart
auseinanderhalten

Komischerweise stört es mich gar nicht, dass Elizabeth uns zusieht und dabei wahrscheinlich übers ganze Gesicht grinst. Mir ist, als hätte der Sturm plötzlich aufgehört, als wäre die Sonne aufgegangen und würde mich mit ihren warmen Strahlen zärtlich streicheln.
Und dann gibt es nur noch Arthur und mich und den ersten richtigen Kuss meines Lebens.

"Your old friend isn't going to live forever", meint der Tierarzt, nachdem er den alten Rappen gründlich untersucht hat. "But he**'s cheated death** again, thanks to you three."

"Oh, Twinkie, I'm so happy!", flüstere ich dem Pony zu. Es ist Sonntagmorgen, wir haben gerade gefrühstückt, und jetzt stehe ich neben seiner Box im Pferdestall.

"You know what? I'd like to stay here with you and Arthur forever. But that's just not possible. The taxis will be at the hotel soon to take us to the train station. And there are so many things I have to do before than: I have to **change** my **clothes**, I want to swap addresses with several people, and of course I have to say goodbye to our coaches and to Mr Walker. I had to stay the night here because of the terrible thunderstorm, and because you and Wizard ran away, so now it all has to be done **in a rush**."

to cheat death den Tod überlisten
to change (one's clothes) sich umziehen
in a rush in Eile

Ich seufze leise. "So I have to say goodbye now, Twinkie."

Twinkie schiebt seine weiche Schnauze über die Boxentür und stupst mir damit gegen den Arm, fast so, als wollte er sagen: "Oh no! Please stay!"

"Don't worry! I'll be back again before you know it", tröste ich ihn. "The Montescues have invited me to come back here in three weeks' time! I'm going to spend the last two weeks of the summer holidays on the Montescues' farm with you and Arthur and Elizabeth! I've already phoned my parents. I had to get

Arthur's father to help me persuade them, but in the end they agreed! I'm so happy!"
Zärtlich lege ich meine beiden Hände um seine Nüstern und kraule ihn. "And just before my school starts again in August, the Montescues are taking part in the International Showjumping Championships in Wiesbaden! So we'll all go back to Germany together. Then they're coming to Germany again in December for the famous International Riders' **Indoor** Championships in Frankfurt, so Arthur and I will see each other then, too – Frankfurt's not far from the village where I live. Then, after Christmas, Arthur's going to come and stay with my family in Großwallstadt. My parents have already invited him! So it'll be a **long-distance relationship**, but we'll have plenty of **opportunities** to see each other, and in between we can e-mail and talk on the phone. If Maja and Harald can do it, so can we! Oh Twinkie, isn't it wonderful?"
Das Pony sieht mich mit seinen glänzenden Augen an; jetzt scheint es fast so, als würde es lächeln.
Da steckt Arthur den Kopf zur Stalltür herein und meint traurig: "Anna-Lena, I wish you didn't have to go, but my father's waiting in the car to take you back to the hotel."
Er bleibt im Tor stehen und sieht mich abwartend an.
"Goodbye, Twinkie", flüstere ich. "I'll have to say goodbye to Arthur, too, in a minute. Oh, I feel like crying, I really do!"
Noch einmal, ein allerletztes Mal streichele ich ihm über seinen blonden

indoor Hallen-
long-distance relationship Fernbeziehung
opportunity Gelegenheit

Mähnenschopf. “And I’m sorry to be leaving Maja, Birte and Maria Leticia, and all the others, too. We’ve agreed to keep in touch by e-mail, and to send postcards from our holidays and handball competitions and so on. But some of them I’ll probably never see again. That’s sad, isn’t it?”

to be turned upside down auf den Kopf gestellt werden
in a way auf eine Weise

Arthur kommt zu mir herüber, legt mir seinen Arm um die Schultern und zieht mich behutsam von Twinkies Box weg.
Ich drücke mich ganz fest an ihn.
“I’m so glad I came on this handball camp”, murmele ich. “And I’m so happy I made friends with Twinkie. If I hadn’t, I might never have met you.” Ungläubig schüttele ich den Kopf. “So many things have happened to me in these last few days. My life **has been turned upside down** – **in a** good **way**!”
“You’re right”, bestätigt er. “And so has mine.”
Ich muss lächeln. “When I arrived at the hotel just over a week ago, I told Maja I was only here to play handball. I never dreamed I’d also fall in love!”

The Basics of Handball

Each team has seven players on the court: a goalkeeper, two **full backs**, two **wingers**, a line player and a centre.

The normal playing time for teams in the 12 to 16 age group is 2 × 25 minutes. For all teams with players aged 16 and above, it is 2 × 30 minutes. The half-time break is normally 10 minutes.

No handball player may hold the ball for more than three seconds without **bouncing** it, or for more than three steps without **dribbling**, shooting or **passing**. If the player bounces the ball, holds it und bounces it again (this is called a "**double dribble**"), that's also against the rules, and means that their team loses **possession** of the ball.

basics Grundkenntnisse
full back Rückraumspieler(in)
winger Flügelspieler(in)
to bounce prellen
to dribble dribbeln
to pass passen
double dribble Doppel-Dribbling
possession Besitz

The goals are 2 metres high and 3 metres wide. Only the goalkeeper is allowed in the goal area inside the six-metre line, except when an attacking player jumps into the area, shoots the ball, and lands in the goal area.

Players are also not allowed to hit, hold, **trip** or push an **opponent**.

The **referee** can give players a yellow card (**warning**), a **suspension** (two minutes **sitting out**), or a red card (disqualification).

Penalty throws are **awarded** when a **defender** breaks one of the rules to **block** a clear opportunity to score.

to trip zum Stolpern bringen
opponent Gegner(in)
referee Schiedsrichter(in)
warning Verwarnung
suspension Hinausstellung
to sit out aussitzen
to award *hier:* geben
defender Verteidiger(in)
to block verhindern

Danksagung
Vielen Dank an die Handball-Mädchenmannschaft der Jahrgänge 1993/1994 der JSG Untermain, an Ann-Cathrin Giegerich, Torwartin der weiblichen A-Jugend-Nationalmannschaft, und an meinen Sohn Nils, Jahrgang 1997 und ebenfalls begeisterter Handball-Spieler, für die vielen wichtigen Tipps für dieses Buch. Was täte ich ohne euch?